俄罗斯女性文学译丛

他马上就要回来了

王金玲◎主编

［俄］伊琳娜·罗迪奥诺娃 等◎著

王宁 张婵 李更伟 等◎译

西苑出版社
XIYUAN PUBLISHING HOUSE

·北京·

图书在版编目（CIP）数据

他马上就要回来了 / (俄罗斯) 伊琳娜 · 罗迪奥诺娃等著 ; 王宁等译. -- 北京 : 西苑出版社有限公司, 2025. 2. -- (俄罗斯女性文学译丛). -- ISBN 978-7-5151-0997-8

I . I512.45

中国国家版本馆CIP数据核字第2024C7M639号

他马上就要回来了

TA MASHANG JIU YAO HUILAI LE

作　　者 [俄]伊琳娜 · 罗迪奥诺娃　等
译　　者 王　宁　等
责任编辑 汪昊宇
责任校对 辛小雪
责任印制 李仕杰
开　　本 880 毫米 ×1230 毫米　1/32
印　　张 7
字　　数 128 千字
版　　次 2025 年 2 月第 1 版
印　　次 2025 年 2 月第 1 次印刷
印　　刷 三河市嘉科万达彩色印刷有限公司
书　　号 ISBN 978-7-5151-0997-8
定　　价 56.80 元

出版发行 西苑出版社有限公司 北京市朝阳区利泽东二路3号　邮编：100102
发 行 部 （010）84254364
编 辑 部 （010）64214534
总 编 室 （010）88636419
电子邮箱 xiyuanpub@163.com
法律顾问 北京植德律师事务所（电话）17600603461

前言

俄罗斯当代女性文学作为一种独立的文学体裁诞生于20世纪80年代末90年代初，至今，学界对于女性撰写的文学作品是否应该成为一种独立的文学体裁依然争论不休。在俄罗斯文学界，从20世纪90年代起，开始使用“性别”这一术语来阐释女性文学这一现象。各学科领域关于性别特征的研究表明，传统上被认为是男性或女性的行为和心理特征，其实不过是一种性别角色模型和社会文化结构（Зумбулидзе, 2011, с. 21）。“性别”这一概念的使用恰恰使人们更加关注男性和女性之间在生理、心理、社会和文化特征方面的异同（Мелешко, 2001, с. 8）。在当代文学发展的大背景下，女性文学的界定是需要满足几个必要条件的：一是作者必须是女性，二是核心主人公必须是女性，三是作品涉及的问题必须与女性命运相关，四是作品必须体现出女性对世界的看法和女性的心理特征。在俄罗斯，直到20世纪末，女性文学才被正式确定为一种独立的文学体裁（Зумбулидзе, 2011:21）。

当今的俄罗斯女性文学已经作为一种稳定的文学现象，成为俄罗斯文学界广泛关注和研究的对象。文学界一致认为，俄罗斯女性文学也与其他文学体裁一样，旨在寻求艺术中的新关系以及描述它们的新方法。俄罗斯著名文艺批评家和女性作家斯拉夫尼科娃（Славникова О.）认为，女性作家们总是能率先开辟出文学创作的新方向（2000：173）。俄罗斯女性文学今天的繁荣也证明了这一文学体裁的成就和未来发展趋势。但是，很多文艺批评界人士提出，不应该在区分男性文学和女性文学的框架下来审视女性文学，而应该把它看作女性作家对文学创作遗产中个性化创作风格和独特创作体系的继承和发展。加芙里琳娜（Гаврилина О.В.）认为，女性文学至少应该包含两个层面的意义："从广义上看，女性文学是指女性作家创作的所有类型的文学作品，无论作家在作品中是否倡导男女平等思想或是否遵照父权社会的创作传统；从狭义上看，女性文学是指对人类的传统共性问题（生与死、情感与责任、人与自然的相互关系、家庭观念等）表现出女性独特视角和观点的作品。"（2009：107）

女性文学创作反映出女性作家追求理想的热切而痛苦的探索历程，因为这是每个寻求真理的作家创作的主要宗旨所在。俄罗斯女性文学总结了一个世纪以来俄罗斯文学发展的美学探索和文艺创作的实验成果，开辟出未来文化发展的趋势和前景。俄罗斯当代女性文学史上出现了很多优秀的女性作家，如柳德米拉·彼得鲁舍夫斯卡娅、塔吉亚娜·托尔斯泰娅、柳德米拉·乌利茨卡娅、维克托利亚·托卡列娃等，以及各类体裁和题材的女性文学作品，包括社会心理题材长篇小说、感伤主义类长篇小说、人物传记类长篇小说、短篇小说、随笔、中篇小说等。俄罗斯当代女性文学的典型特征是具有高度的政论性、高度的社会矛盾针对性和强烈的情感色彩。女性作家作品的常见主题与理想、幸福、爱情及童年相关，更加关注家庭矛盾、童年与成年生活的反差、逝去的童年生活的美好、个人存在的价值与意义、个人与社会的关系、小人物的困惑等问题，展现新的女性形象、新的现实主义思想和独特的艺术表现手法。当代女性的新形象反映出当代女性积极的生活态度与传统女性温柔和坦率特征的完美结合。正如柳德米拉·乌利茨卡娅（Улицкая Л.）在一次采访中所说："女人和男人的世界是不同的，虽然有些地方有交叉，但不可能完全交叉。"(2000：230) 俄罗斯当代女性文学是一种全新的体裁，对当代社会新矛盾的关注是俄罗斯当代女性文学创作的主要趋势。对女性文学的研究将进一步促进女性文学在整个文学进程中的认同和发展。

后苏联时代的俄罗斯文学分为三个层次：大众文学、崇高文学和消遣文学。每一个层次的文学创作领域都有一批有影响力的代表性作家。1980—2000年，最具影响力的女性作家有彼得鲁舍夫斯卡娅、托尔斯泰娅、乌利茨卡娅、斯拉夫尼科娃、维什涅维茨卡亚、波梁斯卡娅、托卡列娃、谢尔巴科娃、戈尔拉诺娃、瓦西连科、萨杜尔等。

纵观俄罗斯女性作家的作品，我们发现，俄罗斯有影响力的女性作家不仅善于创作两性关系题材的作品，还善于创作侦探和惊险题材的作品。这些作家包括托卡列娃、谢尔巴科娃、瓦涅耶娃、波梁斯卡娅、乌斯季诺娃等深受大众欢迎的女性作家。学界对于女性作家创作的题材、艺术形象和传统主题等特点也进行了阶段划分：1980—1990年这一时期，女性作品的主题仍然围绕传统的女性问题，包括日常生活、家庭、婚姻、爱情等。与此同时，这一时期的女性创作也有了一些创新点，主要表现在作家对周围世界的特殊态度以及通过女性心理和生活经历对现实问题的深入思考。世纪之交，俄罗斯女性文学作为总体文学创作的重要组成部分，呈现出艺术水平高和体裁、情节和题材多样化的特点，形成了女性文学的后现代主义流派。其代表人物包括彼得鲁舍夫斯卡娅、托尔斯卡娅、乌利茨卡娅、斯拉夫尼科娃、波梁斯卡娅、谢尔巴科娃等。

进入21世纪以来，世界各国的女性文学都进入快速发展的阶段，越来越多的俄罗斯女性作家获得各类国际和俄罗斯国内设置的文学奖项，甚至在最受读者欢迎图书的排行榜中也名列前茅。女性文学发展的新浪潮和文学新秀的出现引起了文学、哲学、社会学、心理学等领域专家学者的广泛关注。

近年来，俄罗斯又出现了一大批年轻的女性作家，她们在继承和发扬女性创作永恒主题的基础上不断探索女性文学创作与发展的新方向、新形式和新思路。近三十年来，俄罗斯女性作家作品的文集已出版了几十部，其中由俄罗斯作家协会和俄罗斯新闻工作者协会于2012年联合发起的“阿赫玛托娃女性创作文艺奖”一举成为轰动俄罗斯文化生活的一件大事。此后，俄罗斯作家协会又陆续出版了两卷本的女性文学作品集《我教会了女人该如何讲话……》，这再一次证明，女性作家的创作不是宫廷骑士文学即男性文学的点缀和花饰，而成为俄罗斯当代文学不可分割的重要组成部分。没有女性的声音，当代文学就不完整。在俄罗斯这样一个多民族的幅员辽阔的国家，不同时代的女性作家在描述千变万化的世界的过程中不断探索新方向，在快速发展的生活中不断书写着重要的人生感悟，为人们重新认识世界、理解世界开辟出新的道路。

“俄罗斯女性文学译丛”是长春大学俄语教师翻译团队获得教育部2019年中俄人文交流项目支持的系列成果之一。近年来，长春大学俄语教师翻译团队已形成了鲜明的文学翻译特色，依托教育部中俄艺术教育研究中心、叶塞宁文化教育中心、孔子学院等国际合作平台，相继获得了吉林省中俄人文交流专项、俄罗斯世界基金会翻译项目、教育部国别区域研究项目、教育部中俄人文交流项目等一系列翻译与中俄人才交流项目经费的支持，相继完成了“十九世纪末二十世纪初俄罗斯文学作品选集”（三卷本）、“俄罗斯当代远东文学作品选集”（两卷本）、“俄罗斯当代生态文学作品集”（八卷本）、“俄罗斯儿童文学作品选集”（两卷本）、“俄罗斯当代作家作品专号”（2016年、2018年《作家》杂志）、“俄罗斯当代话剧选集”及“大型油画的保存与修复”等文学和艺术类翻译项目。与此同时，长春大学在中华学术外译、中俄关系史研究、中国俄罗斯侨民文学研究、“一带一路”沿线国家国情文化研究等领域也取得了一系列翻译和研究成果，形成了不同翻译方向的师生合作团队，展示了学校俄语教师团队在俄语高端翻译人才培养方面的优势和特色，凝聚了长春大学俄语师资团队在文学翻译、应用翻译和高端翻译人才培养领域不断探索、精益求精的精神。

“俄罗斯女性文学译丛”收录的女性作家作品来自俄罗斯作家协会出版社出版的《母亲们和女儿们》，作品集收录了俄罗斯作家协会中具有代表性的女性会员的作品。值得一提的是，这些作家不仅是新老两代女性作家的代表，而且其中不乏很多母亲和女儿同时为女性作家的代表，如妮娜·维谢洛娃和阿娜斯塔西亚·阿斯塔菲耶娃、塔基亚娜·娜巴特尼科娃和阿格拉娅·娜巴特尼科娃、斯维特兰娜·莫索娃和阿琳娜·奥布赫等。在这些作品中，很多作家描述了自己的亲身经历，提出了自己对现实世界人与人之间关系变化的看法，揭示出当今世界的新时代特征和传统文化观念逐渐淡化与消逝的事实，旨在引起读者对母性及亲情关系、情感教育、克服自身弱点和对理想信念不懈追求等问题的深入思考。这些作品不仅讲述了母亲们对女儿们的教育和培养过程，也讲述了女儿们对母亲们的一些行为的不满以及她们之间矛盾与不和谐产生的深层次原因。对不同时代女性之间复杂的亲情关系及其悲剧的探索，目前还是一片尚未开垦的处女地。国家的历史就像看不见的经纬线一样贯穿于她们的命运之中，这些作品中不乏关注苏联解体后移居到世界各地的俄罗斯女性的命运和生活困境的题材。

希望这套“俄罗斯女性文学译丛”的出版能够引起我国文学界对俄罗斯女性作家作品研究的关注和重视，为中俄当代文学文化交流做出更大贡献。

王金玲

2021 年 11 月 11 日

参考文献

1. Гаврилина О.В. Чувство природы как один из способов создания образа героини в женской прозе //Вестник Ленинградского государственного университета им.А.С.Пушкина. 2009. – № 2 (26). - с.105-114.
2. Зумбулидзе, И. Г. «Женская проза» в контексте современной литературы / И. Г. Зумбулидзе. // Современная филология : материалы I Междунар. науч. конф. (г. Уфа, апрель 2011 г.). — Уфа : Лето, 2011. — С. 21-23. — URL: https://moluch.ru/conf/phil/archive/23/409/ (дата обращения: 27.10.2021).
3. Мелешко Т. Современная отечественная женская проза: проблемы поэтики в гендерном аспекте. Учебное пособие по спецкурсу. - Кемерово: Кемеровский гос. ун-т, 2001, 88 с.
4. Славникова О. Та, что пишет, или Таблетка от головы // Октябрь. 2000. №3. с.169-174.
5. Улицкая Л. Принимаю всё, что дается: интервью // Вопросы литературы. 2000. № 1. с. 215-237.

目　录

СОДЕРЖАНИЕ

老奶奶的幸福

Старушечье счастье

伊琳娜·罗迪奥诺娃 著
张婵 曾慧敏 译

伊琳娜·罗迪奥诺娃

Ирина Родионова

伊琳娜·罗迪奥诺娃，1995年出生于奥伦堡地区的新特罗伊茨克，从奥伦堡州立大学毕业，获得心理学和教育学学位。她在母校担任俄语语言和文学教师，并在发展中心从事心理学方面的工作。著有多部科幻小说和心理剧，曾在奥伦堡地区青年创新大赛中荣获2019年度“黄金青年”奖项。现居住在新特罗伊茨克。

大门口虽潮湿却也温暖，脚下的门槛那儿有一摊明晃晃的积水，浑浊的水滴不时从斑驳的天花板落到积水中——棚顶渗水了。

丽塔停了下来，将两个沉甸甸的袋子换了只手提着，手提袋上细细的带子勒进了她的皮肤，留下深红的压痕，这让她疼痛难忍。她下定决心，迈过了积水，沿着脏污的台阶拾级而上。

她要去的这户房门大开着，丽塔一时间愣住了，看着敞开的房门，她的喉头哽住，有些喘不过气，手上的袋子生硬地拽着她的胳膊。

丽塔的心也像是被揪扯着，同样向下一沉。她穿过这股凉飕飕的刺鼻的气味，随手关上门，将袋子放到了地上，然后脱下外套，走进了房间。

“妈妈？”

丽塔的声音被淹没在大堆杂物里，这些杂物堆满了狭小憋闷的公寓。屋檐下的冰柱正在融化，水滴有节奏地落在窗户的遮雨板上。房间里又暗又冷，所有的窗帘都被拉上了，通风窗却都开着。

房间里一片寂静。

阁楼中到处都是泛黄的书和破烂的杂志，碗碟上粘着成块的食物残渣，干枯的花梗还插在花瓶里。丽塔尽量不皱起自己挑剔的鼻子，从这些乱七八糟的东西之间艰难地穿了过去。她走到床前，在边缘坐下去，床垫发出了嘎吱嘎吱的响声，但床上躺着的人却纹丝未动。

"妈妈……"丽塔唤道，一边小心地伸出手去触碰母亲温热又粗糙的肩膀。

母亲漠然地躺在已经变形的旧床上。生锈的弹簧从床垫的边缘露出来。她被丽塔的触碰吓得坐了起来，猛地回过头。她的双眼睁得老大，深色的虹膜几乎占据了整个眼睛。她的眼神与受到惊吓的孩子的眼睛很像，仿佛对这个世界知之甚少。

"没事的，妈妈。"丽塔赶紧出声安慰道，她摩挲着母亲露在外面那苍白的肩膀，声音却流露出依稀的绝望，"是我来了，是你的女儿，丽塔。"

"你好呀，丽塔。"母亲回应道，她笨拙地让女儿在床上坐下。她苍白的身下杂乱地堆着些破旧的东西，被子和毛毯盖在身上。旁边还有不知是谁的破烂长筒袜，黑色蕾丝小洋装，还有一件带亮片的上衣在半明半暗中一闪一闪……

"怎么又不穿衣服？"丽塔故作严厉地问道，但内心的不安和整整一周繁重的工作让她的声音有些嘶哑，她的眼睛也湿润了，"哪怕盖上一点呢，你就这么光着躺着。"

糊里糊涂的母亲顺着女儿的视线瞟了一眼，顺从地把洗好的长袍接过来披在身上，遮住身上的皱纹和像锈斑一样爬满皮肤的老人斑，可她的目光依然是那样浑浊又孤独。

“门又大敞着。”丽塔移开目光，将自己无力垂下的手叉起来，埋怨道。

母亲气喘吁吁地从床上坐起来，费力地把睡袍上已经坏了的衣带系好。

“没有，我关门了。”

“门是大敞着的，怎么，我还能瞎说不成？”

母亲沉默了。她手边的枕头上放着盛有香肠皮和西红柿皮的盘子，盘子斜放着，浅红色的番茄汁流到了枕头套上，留下了黄褐色的斑点，仿佛是被稀释了的血液。

“醒醒神吧，一会儿把药吃了。”

丽塔起身走向厨房，半路上抓起袋子提手，把巨大的袋子拖在身后，光着脚在地板上走。她弯着腰，甚至没看一眼那张放在旧的、发暗的大相框里的照片。那是母亲年轻时候的照片，那时候她年轻端庄，身材匀称，看上去英姿焕发，明亮的双眸露出坚毅的目光。母亲乌黑蓬松的卷发遮住了高挺洁白的额头，薄唇微微张开，眼里尽是钢铁般的坚韧和沉着。

相片最下面写着：赠予利季娅·尼基季奇娜——来自同事和朋友们的美好怀念。

厨房里一团糟，悬在天花板上生了锈的灯泡一闪一闪地发出昏暗的光。丽塔就像在门口时一样呆住，难以置信地环顾着整个厨房。丽塔手中沉重的袋子被扔在全是油污的地上，她甚至都不知道袋子的提手是什么时候从手里松开的。

到处都是垃圾，又脏又臭。

狭小的厨房堆满了各种废物：老坏的家具、不知是谁家的裂开的小盆、熏得乌黑的煎锅、穿了孔的锅子、儿童内衣、洗发剂和洗洁精的空瓶子、化妆品、撕开的挂历、一年级学生的日记、纸牌——纸牌上的红桃皇后正用责备的眼神望着丽塔。

丽塔没能抑制住心里的怒火，猛地往回走。母亲已经从床上起来了，她站得有点不稳当，苍白的双手支撑在金属床头上。

“妈妈，我一个星期前才把这全收拾了一次。”丽塔生气地朝母亲走去，架起母亲的胳膊，防止她摔倒，丽塔的脸颊因为发怒而变得通红，“可现在我看到的是什么啊？你又在家里搞什么花样啊？”

利季娅·尼基季奇娜一言不发，她皱起眉看着女儿，下巴不停地哆嗦着，上面还有口水的痕迹。丽塔对自己大呼小叫有些后悔，她扶着母亲在塌陷的床上坐定，又从衣服口袋里取出花边手帕，仔细地给母亲擦净那满是皱纹的苍白的脸。

“好吧，对不起，吃药吧……”

药放在暖炉下的盒子里，那里有各式各样的从药瓶上撕下来的铝箔纸和洒出来的胶囊。旁边还整齐地放着许多药——心脏病药、高血压药、防止心率过速的药、改善脑功能的药，还有让母亲能有力气从床上起来的药。

都是些能让人活着的药，或者说，是为了能让人有口气的药……

丽塔扫了一眼这堆药，她明白母亲又胡乱吃药了。有一板药少了五粒，有一板却还是满的，这说明母亲又没有按要求吃药。

这不是什么好现象，这很危险，特别危险。

“你又没有吃对药。”丽塔小声地责备道。她倒了一把白色药片在手里，对着长长的清单一一核对着。清单上的字被打印得很大，挂在床头。

这是丽塔和女儿一起去打印店打印的清单，字体很大，非常醒目，可以提醒老人如何吃药——哪些药片早上吃，哪些胶囊白天吃，哪些睡前吃，所有这些都被列成了表格。

“才不是呢，”母亲像个孩子一样固执地答道，“就是按正常的……吃的。”

丽塔叹了一口气，将药塞进母亲蜷缩起来的黝黑的手里，然后跑到厨房，她在还没洗的餐具中好不容易找到个还算光亮的杯子，在水龙头下冲干净，装了一杯冷水。

“你得照着单子吃，”丽塔又一次做着无谓的提醒，“乱吃药很危险，妈妈，我现在收拾一下，然后我们量量血压。”

“不用收拾……”母亲艰难地组织着语言，满是皱纹的脸表现出惊慌的样子。她在今年患了中风，所以现在跟丽塔说话的时候，她得花上个把小时来回忆并选择合适的词语表达。这个上了年纪的女人分明有什么想说的，可她损伤了的大脑却找不到正确的方式来说明。

“你看着吧。”丽塔简短地说了一句，然后转身走向厨房。

“不要！”母亲厉声喊道，就像她从前年轻时那样。床垫里的弹簧嘎吱嘎吱地直叫唤，窗外呼啸着吹来一阵风，把正在下落的水滴吹得到处乱溅。

“你这就叫‘抠门病’！”丽塔在厨房喊道，她一边卷起衬衫袖子，一边环顾混乱的厨房。母亲的听力严重受损，女儿不敢肯定母亲是否听到了她说的话，“往房子里堆这么多废品，把整个房子变成了一个垃圾场，难道你喜欢在垃圾堆里生活吗？”

回答她的是一阵沉默，丽塔于是开始收拾。

几绺褐色的鬈发黏在她满是汗水的额头上，丽塔想要把头发吹开，但没能成功。她手上因为沾满了肥皂泡和厚厚的油污直发痒，丽塔有种烦躁恶心的感觉，可她还是静下心来，有条不紊地清理着厨房。

黑色袋子里是不知谁家清理出来的要丢弃的东西，袋子被打上了结，放到了角落里。那儿还有破烂的盒子和瓶子，大量洒出来的剩饭剩菜和骨头……气味刺鼻又直冲眼睛。丽塔努力压下想要呕吐的反应，用自己的袖子捂住口鼻，稍微挡住些恶臭的气味。

再厚实的手套和口罩也不管用，她把成堆的垃圾、废品和变质了的东西装到袋子里，搬到走廊堆起来，她知道待会儿还要搬上好多趟。丽塔将碗碟冲洗了一遍，然后将它们浸在几乎是滚烫的热水里，用海绵擦了很久。海绵里卡着很多食物残渣，恶臭扑鼻。

母亲颤颤巍巍地走来了，用手撑着墙专心地看丽塔做事，像个监工一样。

“你在这看什么呢？”丽塔沉着嗓子问，一边从碟子上扯下粘在上头已经干了的食物残渣。母亲沉默了，只是看着丽塔不断在洗碗池里翻动的手。

“没什么……那些别扔了。”她最后艰难地说出了话，然后重重地喘气。她臃肿的身体就像果冻一样战栗哆嗦起来，但她还是站在旁边，想要一直盯着女儿。

“要是你不在这捣乱我早收拾好了，去，躺着去！”

母亲被架着胳膊带回了卧室，坐在床上。老人像个犯了错的孩子一样，噘着嘴看着自己的女儿。

厨房里所有的东西——柜子、火炉、水槽、地板、桌子和窗户，到处都是黏糊糊、脏兮兮的污渍。这也太不可思议了，这里就是垃圾场，丽塔明明一周前才来过……见了鬼了！

冰箱的情况也没好到哪儿去，丽塔戳了一下冰箱架子上买来的食物，她突然闻到一股令人反胃的恶臭，她飞快地冲到走廊，在门口僵直地站住了。

母亲佝偻着背，站在堆好的袋子前，紧张地从袋子里迅速翻出在洗发剂下压扁了的包装盒，又将一条淡绿色的裤子缠到自己手上。看到女儿黑着脸，她转过身小心翼翼地瞥了她一眼。

“你怎么敢扔……”母亲沉默了一会儿，思考着要说的话，耷拉着的脸变得呆滞，突然，黯淡的眼睛亮了，她恍然大悟，“都是我的东西！”

“这是垃圾啊，妈妈。”丽塔疲惫地反驳她，向她走过去。这个话题她们已经吵了好多年了。她向母亲伸出手，打算将垃圾收回去。母亲却咬了咬牙，猛地一颤，把拣出来的东西紧紧抱在胸前。这个年迈的老人在脏兮兮的地板上迈着小碎步，几乎是跑着回了房间。

破旧的玻璃珠、残缺的棋子、带王冠的发箍……一堆东西噼里啪啦像雨点似的掉落到地板上。

丽塔呆住了，她愣愣地看着母亲的举动，有那么一瞬间，女儿甚至觉得母亲恨不得用发黄的牙齿咬住她收拾垃圾的手。

丽塔不愿再多说，她收拾了能带走的垃圾，将外套披在肩膀上，离开了这个恶臭的房子并牢牢地锁上了门。她甚至没有和母亲告别，她已经没有力气和决心再在这儿待下去。有一瞬间丽塔觉得母亲就像一只泄了气的气球，满是皱纹，毫无美丽可言。丽塔将钥匙在锁里拧了一圈、两圈……她没能忍住，把额头贴在包着人造革的房门上哭起来。她没有流泪，只是小声地抽咽着，她不能理解为什么这一切发生在她的身上。

晚上，厨房空荡荡的。丈夫把锅里的肉饼都吃完了，留下了还剩着些通心粉的盘子，他自言自语地看着电视，像个精神分裂者似的。女儿刚从外面玩回来，正在门廊脱外套。丽塔弯着腰站在桌子前，想把茶里的糖搅匀，百里香、牛至、金丝桃的嫩叶漂浮在水里，随着茶勺游动着。

“妈妈，我回来了。”

女儿往厨房瞟了一眼，从冰箱里取出酸奶，她把大腿紧贴着小柜子站定，仔细地看着母亲苍白的脸。

“发生什么事儿了吗？”

“没什么，还是老样子。”

“你去外婆家了？”女儿一边舔着包装盖上的酸奶，一边敏锐地问道。她沉下了脸，脸上显出一个半大孩子特有的笨拙。女孩杂乱蓬松的卷发被灯从下方照亮，她整个头都埋在一片温暖明亮的光里。

“嗯。”

“怎么了？还是很乱吗？……又是垃圾场？”

“又是垃圾场，”丽塔盯着在茶水里打着转的茶叶，沉静地回答道，“她又把房间弄乱了，你说她是哪儿来的力气去捡垃圾的？把门大敞着，睡觉不穿衣服，话也说不利索。”

女儿丽德卡犯愁地叹了口气，把视线移开了。

“她吃药了吗？”

“药是乱吃的，你知道吗？我要把她从垃圾堆里捡来的东西扔掉时，她差点没张嘴咬我，”丽塔撇嘴苦笑着说，“知道吗，我在这个世界上最害怕的，就是有一天我也变成那样。衰老，是最恐怖的病。”

“在我看来，”丽德卡跷起腿在凳子上坐下，她充满哲理地回应说，“我们都会面临这样的生活，都有老年痴呆的风险。可是呢，大家……我是说我们，我们的确很艰难，可是又过于悲观地看待这件事了……也许，这就是再平常不过的病。”

“不，这一点也不平常。”丽塔边摇头边说道，“大脑不能运转，脱离一切人生轨道，生活在脏乱中，我不能理解，为什么这一切会发生？生命的意义就是病痛、吃药和糊涂的思维吗？”

“那我们生活的意义该是什么呢？”女儿尖锐地反问道，“去上班，假期去郊外放松，节日去餐厅吃饭，然后通过看电视剧锻炼我们的脑子吗？我们不应该否定外婆的生活的意义，那就是她生活的意义。”

“我不知道，我也搞不懂，或许很简单，还不如……不如半夜就离开了，在睡梦中离开，没有感觉，什么都不用明白，就好像意识死去，灵魂消亡了。”

丽德卡沉默了，母亲的话压在她的心上。她挖了一勺酸奶，停在半空，仿佛没有力气再把它送到嘴里。

“你外婆有时也会清醒那么一点儿，”丽塔继续说道，她喝了一口滚烫的茶，烫到了嘴巴，“之前的时候，她望着周围那一团糟，把眼睛瞪得圆圆的，问我:‘我是不是疯了？’我就安慰她，然后她再次失去理智，为了破烂的牛奶盒子大吵大闹。”

“她需要的是我们的支持，就这样。她生病了，并不是故意找碴。”

“这我明白，我们也尽自己所能照顾她了，可我们不可能照顾到所有的事，你要学习，我也得工作……我在想，还不如上帝把那些苦难的人带到他那儿去，他们也就不会受苦了。我可不想这样死去……受那么多罪，图个什么呢？残疾人、病人、受煎熬的人、老年人和将死的人……他们为什么非得遭这样的罪？这样的折磨究竟是为了什么呢？”

“是为了你自己。”

丽德卡回答道，她一双清澈的眼睛望着母亲，眼神中闪烁着一如既往的坚定。

“你毕竟不能钻进她的脑袋里边，是的，这对我们而言确实痛苦。我们痛苦是因为总是在她那儿收拾打扫，扔掉一大堆垃圾，却一点用也没有，看着她那样，我们心里愧疚又备受折磨。不过我还是很高兴，因为外婆还在我们身边，即便她现在一点也不像她了……但谁知道呢，也许对她来说，收拾那些破烂就是幸福呢！”

“又在说蠢话，”丽塔笑了，“你看起来像是长大了，可还是什么都不懂……”

“不然呢，”丽德卡吸了一下鼻子，从凳子上滑下来，“你怎么会有那一套理论？只要外婆可以，她就要活下去，我们会照顾她、支持她，除了这些我们还能做什么吗？”

“没什么了。”丽塔回答道，她放下了茶杯，终止了她们的谈话。

***

利季娅·尼基季奇娜到了下午很晚才醒来，阳光从窗外斜射进来，原本冻在窗户上的冰柱子融化了，折射出的光线照在利季娅的床上。老人躺在床上，透过时不时被微风吹起的浅灰色窗帘看到了远处蔚蓝的天空。一阵凉意裹挟了她整个身体，像是有人用手指沿着她的身侧快速地划过，在她体内激发了痛感。

她的心脏发痛，头昏昏沉沉，嗡嗡作响，不过利季娅·尼基季奇娜仍躺在那儿，她望着天空，天空映照在她那双明亮的却几乎被满是皱纹的厚重眼皮挡住的眼睛里。

老人不知道时间过去了多久，这之后，她伸手去够药盒，想清点药片的数量。贴在床头的巨大清单锁住了她的目光，但是上面记录的最后吃药的日期很难看清，字写得很散乱，没有办法组成完整的句子，老人只能靠自己来努力回忆。

如今走去厨房成了真正的冒险，老人一只手扶在墙上，在打滑的油毡布上一步一步艰难地挪着脚。她的步子很小，一步都不能放快。这里就是她的小天地，有她从前在工作时摘抄下来的读过一遍又一遍的宝贝——《乌拉尔工人》杂志，还有许多别的旧书，就像个人图书馆一样。利季娅·尼基季奇娜看到脚边有什么亮闪闪的东西，她艰难地俯下身，捡起一个晶莹的小弹力球，弹力球里用胶凝固了些微小的彩色亮片。

她站在那儿待了一会儿，透过阳光看向那小球，咧开满是皱纹的嘴巴笑了。她的心脏还是隐隐作痛，但是头脑清醒了很多。她浑身没有力气，几乎动弹不得，不过老人也不赶着去哪儿，是吧？

她在冰箱里看到一些苹果，又大又红，上头好像打了一层光洁的蜡。利季娅·尼基季奇娜用发黄的牙咬开多汁的苹果，清甜的汁液顺着她的下巴流下来……

老人坐在窗户边歪斜的凳子上继续啃苹果，几乎没察觉到自己的牙齿和下巴正在打战。她将臃肿苍白的手肘撑在窗台上，凝视着被冰雪覆盖的街道。春天才刚刚来到这个城市，它蜷缩着躲在门口，但甜美清新的气味已经从小窗子溜了进来，预告着这世界即将苏醒的消息。

利季娅·尼基季奇娜剩了一小块苹果在碟子里，她把碟子向远处推了推，她很担心女儿来了又要把所有废品扔掉，那是她全部的珍宝和无法估量的财富。最近老人越来越害怕亲人的拜访，她碍眼地站在他们旁边，由于虚弱而晃晃悠悠，还要紧盯着她的东西不被扔掉。

他们不理解她，不能与她感同身受……

一种轻快怡然的安静占据了她的脑海，没有思绪，没有担忧，没有恐慌和焦虑，也没有对生活痛苦的愤恨，一切都是那样安宁、美好和平静。窗外跑过一群小男孩和小女孩，他们将厚重恼人的冬帽丢到雪里，开始打起雪仗，孩子们的笑声清脆又响亮，利季娅·尼基季奇娜温柔的目光从他们小小的身影上掠过。

路上行人匆匆，车辆川流不息，窗外的榆树被冰挂装扮得十分漂亮。新鲜的空气通过小窗子吹进来，拂起老人头上的细碎白发。

她心情大好，感到轻松而平静。

从门口传来钥匙在锁孔里转动的声音，但老人什么都没听见，这也有好处——令人厌烦的声音、邻居的尖叫、装修的噪音和打破宁静的音乐声……所有这些她都听不见。她看到的世界朦朦胧胧，更好也更美，她听到的世界也仿佛如此。

“外婆！”想到外婆耳背，丽德卡在门廊处大声地呼喊。她停下来，从脖子上扯下那条有些扎人的围巾，又从背包里拿出一袋橙子，然后在厨房搜寻外婆的身影，那身影雪白而巨大，让她想到木桶里发好的面团。

只是这面团不能用来做任何东西了。

“外婆！”女孩走进厨房，尽量不看那堆积如山的废物和垃圾，她感觉身上每一个细胞在到达小屋之后都变得酸臭发霉。再过半小时，给外婆喂完药的丽德卡就要跟这占满房间的垃圾斗争了，不过这件事暂时还没那么迫在眉睫，她从不愿把事情往坏的方面想。

“外婆！”丽德卡轻轻敲了敲那身影左边的冰箱。老人哆嗦了一下，转过身来，下一秒，空洞无神的眼睛变得闪亮，她认出了来人，脸上绽放出笑容。

“外孙女，我的宝贝！”外婆朝女孩伸出苍白松弛的手，将女孩拥向自己，用她潮湿的嘴唇亲吻女孩的额头和脸颊。丽德卡笑了，替她拢起一缕挡在脸上的白发，在她旁边蹲下来。

“过得好吗？”丽德卡边抚摸着外婆的手边问。老人身上散发出一股呛鼻的酸味（妈妈不常来这里专门给外婆洗澡），不过这个气味自她小时候起就有了，女孩丝毫不会觉得反感，她知道所有人都是不完美的。她记得外婆卧室里的照片——轮廓分明的脸庞，高挑浓黑的眉毛，一头漂亮的金发。

儿时眼中外婆美丽的形象早已成为过去，现在它被无尽的苦涩和忧虑所替代，这感觉就如同在担心小孩子一样，心中满是怜惜和淡淡的忧伤，就把这当作一点点纯粹的幸福接受它。往往当一切都无法改变时，剩下的只能是温暖的微笑，以及简简单单的陪伴。

丽德卡望着外婆的脸，把外婆因为拿了苹果而变得黏糊糊的手放到自己的掌心里，一下一下地抚摸着。

“好吗？”老妇人皱了皱眉，在脑中搜寻着词汇。她薄薄的嘴唇在颤抖着，她皱着眉头，望着窗外冰天雪地的唯美风景。孩子们边跑边哈哈大笑，晶莹的冰柱从房檐掉落下来。“好吗？……比谁都好！”

“那太好啦！”丽德卡有些夸张地笑起来，她抱住了外婆的肩膀，“那我们去吃药好吗？”

利季娅·尼基季奇娜微笑着抚摸外孙女的手背。她很喜欢拥抱外孙们，听他们讲日常琐碎的事，看着他们可爱的眼睛，她时不时回忆起一些已经模糊了的幸福和愉悦的往事……

她微笑着，尽管手上还有肮脏难闻的气味，可整个人仿佛自内而外在发光，就连心脏都瞬间停止了疼痛。

这就是她的幸福，她别无所求。

上帝赠予的镜子

И подарил Бог зеркало

嘉利娅·马弗卢托娃 著
张婵 曾慧敏 译

嘉利娅·马弗卢托娃

Галия Мавлютова

嘉利娅·马弗卢托娃，圣彼得堡作家、记者，俄罗斯作家协会会员、俄罗斯文学基金会会员。1956年出生于托木斯克地区，主要从事法律工作，曾任职高级教师、未成年人事务督察、刑事侦查高级专员、特殊事务高级督察。有近三十部书籍已在俄罗斯各大出版社出版，主要作品有《两个太阳》《十二月的最后一小时》《赠月予你》《我的犹太祖母》《信任之药》等。

早上，男人花了很长时间刮胡子，他先是用舌头从嘴里顶起右边的脸颊，仔仔细细地刮完，然后再用同样的流程刮左脸。他嘴里一刻不停地说着，伶牙俐齿地抛出让人心痛的话语，他的声音倒是很好听，可说出的那些话就像蚯蚓似的，滑溜溜地绕着弯子，让人感觉模棱两可。男人的长相也很俊美，健康黝黑的皮肤，身材精壮，面容清秀，再加上时髦的发型，漂亮的耳朵，精致的下颌，简直就是完美的男士线条。她对他一见钟情，不是爱上，是沦陷，突然间就沦陷了。只是一瞬间，她就浑身乏力、勇气全无，钢铁般坚强的意志也柔软得像条尼龙绳。向来倔强的她居然没了脾气，变成了一个普通且庸俗的小女人。她只想马上帮他洗衬衫、袜子和短裤，哪怕他看上去是个挑剔的男人，他衣着干净整洁，戴着胸针，充满了男人味。在他身上看不出任何需要洗东西的迹象，他的衬衫和袜子都是一尘不染的。无论如何，她都想为他做点好吃的。

叶卡捷琳娜满脸通红，这是天生的母性，当女人陷入爱情，就会想要为对方煮饭做菜。他注意到了她火热的眼神，便走上前去，刹那间他们感受到了灵魂的契合，于是不知不觉亲近起来。他爱诗歌，而叶卡捷琳娜爱他。每当他朗读诗歌的时候，叶卡捷琳娜就假装在听，其实她只是沉浸于待在他身旁的幸福感里。他就在她的身边，近在眼前，她能触到他的脉搏，听到他的心跳，感受到他的体温。叶卡捷琳娜不喜欢诗歌，她不相信一切天马行空的想象，世上存在的事物是真实的，能用手触碰到的才是现实，虚无缥缈的东西就应当留在天上。

“你明白吗，你就是她的影子，你是你妈妈的镜子，你就是她，她就是你。”

“不对！”叶卡捷琳娜站在浴室门旁注视着他。他正仔细地刮着胡子，好像是要去参加阅兵仪式一样。喜欢诗歌的人通常对待任何事情都很认真，如果是刮胡子，就要刮到只剩下胡茬的青印。前一天晚上，叶卡捷琳娜小心翼翼地跟他讲了自己母亲的事，只是，为什么要小心翼翼呢？因为他们打算结婚了,她有必要告诉心爱的男人自己家里的所有秘密，反正迟早都是要讲的,可叶卡捷琳娜没想到他会是这个反应。他听完后，突然起身走到浴室，刮了两个小时的胡子，这期间他的脸颊早变得光溜溜的了。

“不！我不是我妈妈的复制品，我跟她不一样！”

“那只是你这么想，亲爱的。”他的声音疲惫极了，仿佛已不想再解释这种显而易见的事情。他不会因为自己不被理解而生气，他只是觉得累了，声音低沉了下去，“你觉得你们不一样，但是你们就是对方的影子，是上帝把你们变成那样，一模一样，跟照镜子似的。”

“不！”

这个“不”字说得太痛苦了，以至于他停下了手上的剃须刀，歪着脑袋看向她的眼睛。他盯着她看了好一会儿，揣摩她的想法，接着又开始刮起他已经干净了的脸颊。

“你不是一个遍体鳞伤的女人，不是的，你本身就是个巨大的、永恒的痛苦。带着这样的痛苦是没法活下去的，我不会跟一个有着无法愈合的创伤的女人生活在一起，那是对我的惩罚。之前我怎么都弄不明白你哪里有些不对劲，现在一切都清楚了，根源究竟是在哪儿，就是你母亲！你不能算是女人，你是个毫无感情的怪胎，是个木头人！没有任何情绪，完全不会哭，无论什么都不能让你振奋，你因为自己那无法愈合的伤口麻木了，就像得了麻风病一样。男人不会去爱一个受过伤的女人，谁会跟麻风病人生活在一起呢？他难道疯了吗？是个男人都会喜欢健健康康的女人，这一切都是自然的选择。男人想从女人那里获得健康的下一代，像你这样的女人只能生出患有唐氏综合征的孩子。”

“健康的女人也有可能生下唐氏综合征的孩子。”叶卡捷琳娜喃喃地说，她因为恐惧身心俱疲。

“确实，她们也有这个风险，但是你的概率比她们高多了。”

男人言简意赅，想要结束他们的对话。他将舌头在嘴里顺着脸颊走了一遍，这期间用手抚摸自己的脸，检查胡子是否被刮干净了。然后他将剃须刀装进一个带锁扣的塑料纸袋里。这个剃须刀非常贵重，他一直都随身带着。刀片的金属很特别，不会刮伤脸，也不会弄破粉刺，哪怕只一天时间长出的胡茬，也会被顺畅地刮净。虽说他没有长粉刺，可他一直都习惯把脸刮得溜光水滑，极尽完美之能事。叶卡捷琳娜冷笑一声，她无法喜欢上不完美的男人，这种算是极品男人了——聪明、精致，爱好诗歌，也不是好色之徒。

“祝你一切顺利吧，亲爱的！”他微笑着客气地说。

“怎么这么说？”叶卡捷琳娜低声说道，“那我呢？那我怎么办？我们本打算一起生活的啊！”

“可我做不到，我一直会从你身上看到你母亲，一直会！我不可能和你一起生活的，我爱你胜过生命，或许没有你我会死掉，可我还是不能跟你在一起。我连试都不想试！你是个自由的女人了，叶卡捷琳娜。”

门“砰”的一声被关上了，叶卡捷琳娜跟着一哆嗦。门锁早该换了，锁头发出的声响如同炸弹突然爆开。这所有的一切荒谬至极，他为什么走了呢？为什么？就因为这个！叶卡捷琳娜缓缓瘫坐到地板上，把脸埋在膝盖之间，这样的惊恐是她从来没有经历过的。在她的生活里曾经有很多令她恐惧和愤恨的事，但这次是最让她心惊的，这算不上是变心，也不是不忠，更谈不上是报复，它就是一场结局悲惨的闹剧。

这世上有多少让人恐惧的事呢？一百，两百，还是三百个？它们的形式不断变化，每一次都超越过往的那些，用更加伤人的方式出现。

而这一切的开始是多么美好！他们已经一起逛过家具店，寻找中意的儿童床，挑选舒适的书桌和圈椅。叶卡捷琳娜压抑地发出一声咆哮，她哭不出来，更没有眼泪。很久前她就不会哭了，平时遇到糟糕的事情她只能低吼。不知为什么，圈椅成了最令她难过的回忆。他很想要一把舒适的圈椅，可两个人无论如何都找不到合适的，不是地方放不下，就是扶手太硬，还有的是坐垫太小，或是皮面难看。他们没能在家具店找到合适的圈椅。叶卡捷琳娜在地板上打着滚儿哭叫，含糊不清的声音吓到了自己。她突然想起来，这个时间楼下的邻居已经换班回家了。叶卡捷琳娜赶紧收住声，她蜷缩在地板上，用膝盖抵着下巴。她想把自己先冻僵，这样才会出现火热的欲望，在这种情况下，任何一个小小的欲望都能暂时把目前的惨状推到一边，将自己拉回生活的正轨。她浑身打着寒战，身体越是僵硬，她就越是将自己使劲蜷成一团。

她生长在边境的一个小村庄里，那儿的村民大多酗酒，再加上懒散，因此村子里人烟稀少。在极北的环境下只能种植土豆和甜菜，尽管如此，人们还是靠着森林和自家菜园凑合活下去。叶卡捷琳娜家里经常断粮，她的妈妈是单亲母亲，竭尽全力勉强养活自己和两个孩子。孩子们同母异父，他们不知道自己的父亲姓甚名谁，更没有一丁点儿关于父亲的记忆。男人们只是在枯燥无趣的出差途中和美丽的少妇过夜，然后不留任何痕迹地离开，他们谁都不知道自己还有孩子。村子里曾有好事的人嚼舌头，后来流言平息了。少妇逐渐变成了成熟的女人，容貌也不比当年，当地的男人们再也不愿多看她一眼，于是，村里的女人们得出结论：罪恶之源完全消失了。

与此同时，孩子们渐渐长大，大女儿学习很好，在人前懂礼貌、守规矩，小儿子也生得安静乖巧，所以在这个窗子对着大路的小房子里发生了什么，当地人谁都想不到。叶卡捷琳娜从很小就见识了拳头、皮带和棍子，母亲几乎每天都会打她，她的手法很巧妙，不会在女儿身上留下任何痕迹。母亲动手往往没有任何理由，她把打人当成了家常便饭。叶卡捷琳娜常常想，这件事发生的原因是什么？但她始终没有找到答案。责难最简单不过，可理解起来很难，怎么会发生这样的事呢？

七岁时，叶卡捷琳娜明白了，她不能去控告母亲，如果有人知道母亲殴打她，她和弟弟就会被送去孤儿院。叶卡捷琳娜最担心的是如果她和弟弟被送走，母亲该怎么办？要是她的孩子们被带走了，她在村子里就待不下去了，村民们不会容忍这样的耻辱。这里还保有老旧的传统，人们为了排挤某个不检点的女人，甚至会在她的大门上涂沥青，并放上一只大红公鸡，叫她滚远点儿。

有时，叶卡捷琳娜会想，母亲是不是从她刚出生起就开始打她了，即便她第一次意识到被打是在四岁的时候。当时他们要去商店买面包，母亲迅速地给弟弟穿戴好，而叶卡捷琳娜却执拗地不愿意穿上宽大的灯笼裤。她想看起来漂亮些，她另外有条紧身的红色裤子，那是邻居家的大孩子不要了给她的，她觉得非常漂亮。因为不听话，她挨了揍，母亲打了她半天，怒气冲冲，额头上甚至渗出了汗水。豆大的汗珠顺着母亲涨得通红的脸颊滚下来，模糊了她的视线，最终落进她的嘴里。母亲大汗淋漓，气喘吁吁，这显然妨碍了她的动作。叶卡捷琳娜尖叫着，她知道没人会听到她的声音。那时她就清楚，在这个房子里再怎么使劲叫喊，也不会喊来邻居。后来，叶卡捷琳娜不再叫了，她只是默默地忍耐，等着妈妈强烈的怒火平息下来。她也明白，母亲是在发泄自己对孤独、饥饿、劳累和屈辱生活的怨恨。

叶卡捷琳娜完全不嫉妒自己的弟弟——母亲一次都没打过弟弟，她总是温柔地抚摸他。叶卡捷琳娜很爱弟弟，他们相处得非常好。她也知道弟弟心疼她，即便他也弄不明白这一切为什么会发生。年复一年，叶卡捷琳娜长大了，也越来越坚强了，她完全停止了哭泣。她再也没哭过，只不过有时她觉得正是由于自己总是沉默，才使母亲越来越愤怒，于是叶卡捷琳娜的性格更加孤僻了。

母亲打得越狠，叶卡捷琳娜受折磨的时间越长，她的学习成绩却越好，获得的分数越高。她是学校引以为荣的优秀学生。叶卡捷琳娜将自己的奖状和奖品带回家，并把它们藏起来，尽可能不被母亲发现。女儿任何优秀的表现都会让母亲燃起更大的仇恨。叶卡捷琳娜刚上五年级时，学校派她去参加奥林匹克竞赛,叶卡捷琳娜在这次竞赛中获得了第一名。然而，女儿表现得越优异，母亲的脸色就越难看。母亲对叶卡捷琳娜的虐待逐渐变成了酷刑，有一次母亲没有控制好力度，伤到了女儿左眼的神经，女孩的左眼肿成了一条缝。母亲害怕了，因为一旦被学校发现，学校会立刻通知检察机关，事情很快就会败露。她不仅会被夺去抚养权，还将被拘禁。

在医院里，她说自己劈柴的时候不小心，一块木头飞出去，正好打到了女儿的左眼——女儿的伤就是这样造成的。她把过错揽在自己身上，说她没有在木柴下面垫东西，是她自己大意了。医生连连叹气，怎么能这样呢？叶卡捷琳娜是个多么听话、多么优秀的孩子，要是真没了眼睛可怎么行？母亲松了口气，打女儿的时候再也没有过那样的疏忽。

不过，叶卡捷琳娜还曾受过一次严重的外伤，母亲发怒时打到她的膝盖，伤到了骨头。她们没有去医院，村里人口太少，村医院关门了。学校里倒是有医护站，但是去那儿的话可能会把事情传开，引起不必要的麻烦。于是在没有医生的情况下，母亲自己给女儿治疗了膝盖。她给叶卡捷琳娜的膝盖止血，包扎绷带，涂上药膏——不知是她从什么地方拿来的蛇毒。整个过程叶卡捷琳娜都在忍耐着，她看着母亲的脸，母亲的脸上什么情绪都没有，就像戴了副面具，完全看不出人类的情感。可一旦弟弟跑到母亲身旁，那张面孔就像活过来了似的，母亲的眼神一下子变得欢喜而幸福。因为害怕，叶卡捷琳娜待在那里一言不发，她感觉自己是这个家里多余的人。有好几次，她打算离家去很远的地方，可都半路回来了。她非常清楚，自己最多能走到大路的第一个转弯处，就会有警车从后面追上她，而她的那些不幸又将重新开始。

在七年级时，叶卡捷琳娜突然长高了很多，只过了一个月她就比母亲高了。有一天，她拦住了母亲朝她打来的手，她抓着母亲的手，直视施暴者的眼睛，然后更加坚决地把那只手紧紧握住，慢慢地转向另一个方向。她们相互看着对方，就那么过了好一会儿。母亲明白过来，女儿已经成长到可以保护自己，她不再接受命运的摆布。母亲有些担心，怕女儿下一次的回击会更加有力。

她们又在这种让人压抑的沉默里生活了几年，直到叶卡捷琳娜中学毕业，这几年对叶卡捷琳娜来说漫长得看不到尽头。她在一个清晨离开了家，没有跟家人告别，只是吻了吻熟睡的弟弟。小男孩在睡梦中动了一下，但没有醒。叶卡捷琳娜看着他笑了笑，然后悄无声息地从大门溜走了。她手里提着一个书包，里面只放着一条裙子、一支牙刷和一双鞋，甚至都没放短裤。不知道为什么，母亲格外吝惜裤子，叶卡捷琳娜的一条裤子穿了很多年,在裤子破到完全不能穿之前，她每天都得把它洗得很干净，然后在炉子上烘干。

叶卡捷琳娜不喜欢回忆她独自在大城市的头几年，从前在家中经历过的屈辱会让她不寒而栗，但这又是另一种让人完全不能忍受的恐惧。叶卡捷琳娜没有埋怨自己，她一边努力学习，一边不停地工作，几乎从不休息，可还是经常饿肚子。不这样又能怎么办呢？不过，新的恐惧不在于克服这些困难，而是向所有人隐藏自己的过往，毕竟叶卡捷琳娜现在的生活里没有母亲和弟弟。

她不惧怕任何工作，只要能让她摆脱贫困，什么活儿她都干。学习之余，她擦洗地板，分送信件，打扫院子。叶卡捷琳娜知道，她必须在通往顶峰的道路上超越所有人，而没有经验，任何事情都不会成功。她用工作麻痹自己，对有关家人的话题闭口不谈，在填各种表格或是与人聊天时也隐瞒他们的存在。如果她讲家里有个患心理疾病的亲人，并且这人是她的母亲，没人会同情她。他们只会对她指指点点，说这种可怕的事发生在21世纪还真稀奇。人们都喜欢围观被关在笼子里的野兽，而人本身也可能是野兽，把别人变成野兽对他们来说更是喜闻乐见。

这种恐惧感是最可怕、最让她无法忍受的，她总是要在别人面前隐瞒，装作她在这个世界上没有其他亲人，仿佛她是石头缝里蹦出来的，完全不需要父母，她的生活中也好像从未有过母亲和弟弟。叶卡捷琳娜什么都不想解释，她想要遗忘，可她却忘不掉。往事从记忆的缝隙中偷偷溜出来，钻进她的胸口，压在她的心上，让她喘不过气。

熬过了两年，叶卡捷琳娜有了一丝希望，这小小的希望让她能够在为了生计而进行的无休无止的斗争中支撑下去。她搬出宿舍后，在合租公寓租了一间房，为此她高兴了很久，因为她有了一个属于自己的、可以独处的角落。后来，她不再挨饿，她赚的钱可以填饱肚子了。叶卡捷琳娜在夜校也是好学生，虽然不能算是最好的一个，可也是优秀生之一，这就像她在奥林匹克竞赛拿的第一名，对她来说是最大的成就了。于是她慢慢地、一步一个台阶地向成功迈进。其间她有过起起伏伏，摔倒了，爬起来，再摔倒，再爬起来。她不停地努力着、奋斗着，最终从人群中脱颖而出。叶卡捷琳娜获得了专业证书，找到了工作，买了一套公寓，过不久又买了车。她的生活远远称不上富裕，甚至可以说是简朴，但要比她在农村的生活好太多了。

叶卡捷琳娜希望已有的成就是自己通往下一次成功的基础，有了这些作为铺垫，她就能够登上最高的顶峰，一览众山小。就在这时，她碰到了一个同学，叶卡捷琳娜已经认不出这个同学了，她无法把这个体态臃肿的女人与乡村学校里那个清秀的女孩联系到一起。

“叶卡捷琳娜？”

“娜塔莎？”

在最初的喜悦过去之后，叶卡捷琳娜清醒了过来，她沉默地看着发生了巨大变化的同学。无情的岁月摧残了女人的容颜，她的眼睛失去了光彩，身材走了样，穿的是市场上难看过时的衣服。她干裂的指甲上残留着些指甲油，嘴角有没擦干净的口红印，在肿胀的眼皮褶皱间涂着亮蓝色的眼影，这些让她显得更加可怜。

“娜塔莎，你是路过这儿吗？”

“别担心，我不会去你家！”察觉到叶卡捷琳娜嫌弃的眼神，娜塔莎果断地放下话来，“你过得怎么样？”

“还行。”叶卡捷琳娜一边赔着笑，一边含糊地答道，她不喜欢吹嘘自己的成功。

“哎呀，还行就是行呗！”娜塔莎嫉妒地看着漂亮的叶卡捷琳娜，不，应该说是美丽动人的叶卡捷琳娜。一件时髦的大衣配牛仔裤，脚上穿着运动鞋，背着舒适的大包，这些穿在叶卡捷琳娜身上看起来相当得体。

“你家里人还在受穷呢！你怎么没去看看他们啊！”

“他们为什么会过苦日子呢？”叶卡捷琳娜沉着脸说，她身上的包突然变得沉重又不舒服。几本废杂志、一条长面包和一捆莴苣从包里露了出来，仿佛想要尽力挣脱束缚。叶卡捷琳娜把它们塞了回去，又皱了皱眉头。为什么她的过去总是那么让人厌烦？为什么它不能伴着奢华的大衣和握在娇嫩手中的手杖，而是伴着粘在眼上的蓝色眼影和斑驳的指甲油一起出现！

“他们都没工作，在农村也没什么工作可做。你弟弟好喝酒，他自己酿酒喝。”

叶卡捷琳娜想询问母亲的情况，但她犹豫了。既然两个人到现在也没离开村子，或许他们过得还不错。

“有酒喝，说明过得不算苦。命好的人怎么都好命！再见，娜塔莎！”

叶卡捷琳娜猛地绕过娜塔莎走开了，她努力看向前方，但是她那时髦的包包却重得一直往下坠。

“等等，叶卡捷琳娜！我想把一切都告诉你，”娜塔莎边追边喊，“毕竟我们都知道你的情况。”

“什么？知道什么？”叶卡捷琳娜问道。她没有转身，包包把她的胳膊拽着，好像里面装了上百公斤的东西一样，是时候放下这沉重的包袱了，女人没必要成为搬运工。

“整个村子都知道你妈妈打你的事，他们想去检察机关投诉，却又可怜季娜伊达。”

“那谁来可怜一下我呢？”叶卡捷琳娜停下脚步，她还是没有转身，站在那儿背对着自己从前的朋友。

“我们也可怜你的，”娜塔莎突然呜咽了，“难道让你在孤儿院里跑来跑去吗？跟着母亲你还能读完中学，长大成人，长成现在这样！多让人羡慕！”

“你可别羡慕我，”叶卡捷琳娜小声说，“上帝保佑你，别让你经历我曾经的生活。”

“怎么会不羡慕？你现在是这个样子，可我……”娜塔莎吸了吸鼻子，“你妈妈有狂躁症，咱们那儿的医生就是这么说的：‘季娜伊达把自己受到的委屈发泄在自己女儿的身上。’”

“不！”叶卡捷琳娜大叫道，“不是的，不是狂躁症！那是另一回事，她从来没对其他人动过手，她没碰过弟弟一根手指头，这跟女人的委屈有什么关系？”

“可她一直都是那么不幸，所有人都抛弃她、背叛她，你也离开了她。如果她不是狂躁症，又能是什么呢？”娜塔莎困惑地说。

这位同学没有料到，叶卡捷琳娜会如此心平气和地谈论起往日的屈辱。她本应当声泪俱下，可她没有，她依旧微笑着站在那里，风姿绰约。只是不知道为什么，她说话的时候没有看同学的眼睛。

“这不是心理疾病，是别的病，你不懂，话说回来，我也弄不明白，这是个谜。”

突然间，她肩上的包轻得像羽毛一样，刚刚仿佛上百斤的重量消失了。叶卡捷琳娜往家的方向逃去，她放任那时髦的包包被胡乱地甩来甩去，再不担心里面的食物掉出来了。

她其实想转身回去邀请娜塔莎到家里坐坐——怎么也应该请人家喝杯茶的，可叶卡捷琳娜只是加快了脚步，几乎是连跑带跳地奔回家中。在这次相遇之后，叶卡捷琳娜将那些毫无意义的回忆从脑中清除了出去，心中再没有了杂念。然后她遇上了他——那个聪明俊俏、风度翩翩的男人，他几乎就是叶卡捷琳娜长久以来理想中美好生活的化身。在遇见他之前，叶卡捷琳娜觉得另一种人生是不存在的，除非是在其他遥远的星球，或是在月亮背面的什么角落里。后来她发现，正常的生活在地球上是存在的，并且她也可以享受这样的生活，而不必怀着惴惴不安的心情，在痛苦的折磨中等待下一波更加艰难、更加沉重的人生。

他离开了，为他们的关系画上了句号，没有任何挽回的余地。就在他说出了那些话之后，她的人生化为灰烬，她变成了渺小的尘埃，连萎靡的小草在上面破土而出的希望也没有了。生活的坟墓永远敞开着，没有什么可以填埋的。

叶卡捷琳娜在冰冷的地板上躺了很久，直到失去意识。她的机体为了让她活下来，自动切断了所有外界信息。她没有疯，也没有生病，早上叶卡捷琳娜醒过来，冷漠地扫了一眼镜子里的自己，接着就去上班了。自己看上去如何，要穿什么衣服，别人怎么看她，她都不在乎，也完全不想吃东西。

过去了许多个日日夜夜，叶卡捷琳娜慢慢学会了如何入眠。在他离开之后，她需要重新学习一切东西——说话、工作，甚至是呼吸。男人最后的话所带来的伤害深深地烙在她的心上，无法抹去。她明白，她应当学会与灵魂深处的恐惧共处。这种一成不变的日子又过了很久，叶卡捷琳娜清楚地知道，自己再也无法爱上别的男人了——无论是什么样的男人，永远不会——她不再需要任何人了。

三年后，她学会了在封闭的个人世界里独自幸福，她不再惧怕别人怀疑的目光，也不再执着于他人幸福的生活。她跟自己妥协了，她接受了让自己背负苦难的十字架，同时高傲地扬起头来——十字架是沉重的，可它是我的，我要自己来承担，不需要任何人的帮助。即使在萧条的环境下，叶卡捷琳娜还是用火箭一般的速度不断晋升，她渐渐习惯了富裕甚至是奢侈的生活。不过她不让自己过于铺张，她知道人都是会嫉妒的，尽管她不怕别人嫉妒她，可当遭遇周围恶意的目光时，她还是会有些不快。她尽可能不去在意别人的妒忌，也不去回应刻薄的抨击，对此只是一笑而过——善良的人们，请别怪罪我，事情就是这样发生了，只有我一个人留在这个残酷的世界，可这也不全是我自己的错。

叶卡捷琳娜心爱的却狠狠背叛了她的男人完全没了消息，她也不想知道他的近况，正如她不想听到自己母亲的任何消息一样，直到她在市中心十字路口再次遇到了那个人，那个曾跟她说过许多让她不堪的话题的同学。但是这次的娜塔莎完全变了一个人，这个漂亮的女人穿着时髦的外套，眉眼盈盈，脸颊上挂着浅浅的酒窝，撩人的卷发在她光洁的前额灵动地飘逸，耳朵上还戴了名贵的耳环。

“叶卡捷琳娜？”

“娜塔莎？”

“真巧！”她们不理会路人投来的目光，异口同声地喊了出来。她们两个正好站在斑马线上，妨碍了其他行人走路。

“我搬到城里来了，”娜塔莎拥住了朋友的肩膀，说道，“能怎么办，在村里待到死吗？我抛下一切离开了，那次遇见你之后我就想，你都不怕从头开始，我怎么就比你差？”

“你也不差，娜塔莎，你比我厉害！”叶卡捷琳娜大声说道，她为朋友感到高兴，“你的决定很棒！你在哪儿工作呢？结婚了吗？”

“结婚了，已经有两个孩子了，我现在在理发店工作。还记得吗？我从前总给布娃娃梳头，瞧，现在用上了。我已经考级了，现在还在上进修班。咱们去喝杯咖啡怎么样？”

担心引起司机们的不满，她们赶快穿过马路，来到了人行道上。秋天在不知不觉中来到了这个城市，将树枝上稀疏的叶子染黄，凉风袭来，已有了丝丝寒意，可夏天依然固执地不肯离去。太阳慷慨地将温暖的阳光洒在城市上空，在两个同窗好友眼中燃起喜悦而热情的光芒。

“今天不太行，娜塔莎，星期天怎么样？我上班要迟到了。”

叶卡捷琳娜突然发现同学眼里的光变暗了，娜塔莎叹了一口气，变得忧郁起来。太阳匆忙地躲到一片云层之后。

“叶卡捷琳娜，你的家人去世了。”

叶卡捷琳娜凝视着太阳藏身的那片云层，太阳严严实实地躲在乌云之后，这片乌云趁着温暖的八月天，偷偷地出现在天空中。

“先是季娜伊达，后来是你弟弟，他死得很惨，不成人样，我们在水渠里找到的他。季娜伊达是心脏骤停去世的，据说是因为动脉瘤。他们被葬在了公墓，村民们安排的后事，丧宴也办了。你现在可以把老房子卖掉了，不然也是闲在那儿，谁能用上它吗？村里的房子都是空着的。”

叶卡捷琳娜笑了，她想着，人生一点都没有改变，它仍旧按照自己的规则行进着，乐此不疲地为活着和死去的人上演出其不意的“惊喜”。夏天即将过去，在这个阳光明媚的夏日里，当她的心情最为愉悦之时，另一种形式的恐惧笼罩了叶卡捷琳娜，她的幸福——她规规矩矩完全靠自己赢来的幸福被拦腰截断。她童年受过伤的膝盖强烈地痛了起来。

“你笑什么？”娜塔莎吃惊地问，她瞪圆了眼睛，惊恐地看着她的朋友。

“我没有笑，我在哭呢。”

叶卡捷琳娜沿着人行道离开了，她用尽全力想快点走完这段路，而来往的行人阻碍了她行进的脚步。她想要一个人静一静。叶卡捷琳娜在城中漫无目的地走着，她忘记了娜塔莎，忘记了自己被中断的幸福。她想的全是关于母亲，关于弟弟，关于生命，关于毫无意义而同时又存在意义的东西。生命的意义到底是什么，谁都不知道。怎样才能参透生命的意义，如何寻到它的本质，从而发掘出真相，也还没有人能想明白。

她在城市中徘徊许久，她想弄明白为什么会发生这样的事情，为什么生活让她从出生到死亡一直陷在永无止境的恐惧之中。随后她平静下来，她明白了，根本就不存在什么恐惧，这都是她臆想出来的。生命存在着意义，生命的意义在于战胜困难。为了找到自我存在的意义，首先就要战胜自己。她不可能原谅母亲，这是连想都不用想的，但她应该试着去理解她，只理解还不够，还要把两个人好好地下葬，否则他们只是被胡乱埋在一个坑里而已，好在村里还是花钱办过了丧宴。对于母亲和弟弟来说，他们躺在哪个墓地已经不重要了，但这对叶卡捷琳娜还是有意义的。

她停下了脚步，想要弄清楚自己在哪里，原来，她正站在莫斯科火车站的售票处。火车站里嘈杂喧嚣，乘客们大声地聊着天，调度员正呼喊着什么，站内的广播尖利刺耳，好像是有人将私家车丢在了火车站，工作人员马上要来运走它。叶卡捷琳娜走向售票处的小窗口。

"我需要一张去新西伯利亚的票。"

"啊，好的。"

晚班的售票员看起来状态不怎么好，可是声音非常亲切，女售票员通过窗口微笑着。

“到了新西伯利亚之后您要怎么走？”

“您为什么这么问？”叶卡捷琳娜僵硬地回了她一个微笑。

叶卡捷琳娜到了新西伯利亚之后还要赶很远的路，售票员是怎么知道的呢？

“这就是我的工作啊！”女人整理了一下自己灰白的头发，骄傲地说。她应该有六十好几了，可还是穿着工作制服。她亲切地微笑着，努力想要与乘客心意相通。按说她应当早就对来买票的人们疲于应付了，可她似乎并不懒散。

“我从新西伯利亚坐飞机。”

“啊，这样的话，我们可以为您安排！我们给您在这儿订票，您就不用在新西伯利亚排队了。”

于是，售票员往什么地方打了个电话，她一边讲一边详细说明着，身心疲惫的叶卡捷琳娜就这样被卷进了琐碎的日常。两个小时后，火车欢快地沿铁轨飞驰而去，把她过去所有的悲伤也一并带走了。在火车的轰鸣声中，叶卡捷琳娜听到了美好未来的希望之声。她闭着眼睛坐在小桌旁，第一次感到自己的内心不再有恐惧，那恐惧感已经完全消失了，取而代之的是普通寻常的生活。如果有什么东西存在这世上，那么它必然有其存在的意义，造物主制定的规则正是如此。

赫尔松的西红柿

Черный вход однажды захлопывается

亚历山德拉·斯维里多娃 著
张婵 张美会 译

亚历山德拉·斯维里多娃

Александра Свиридова

亚历山德拉·斯维里多娃，1951 年出生于现乌克兰赫尔松地区，1976 年从国立赫拉西莫夫电影学院毕业，成为编剧。1993 年，斯维里多娃离开俄罗斯移居美国，后在纽约市立学院就读，获得罗德奖学金。写有 20 余部电影剧本和 500 多篇小品文。2009 年凭借中篇小说《鱼在山上的呼吸》获得马克·阿尔达诺夫文学奖。

葬礼那天的天气又热又干，朋友们聚在老姐妹波罗申娜的家里，她们头戴黑色薄绸三角头巾，陪着卡佳一起，坐在玛尔戈的棺材旁。人们进进出出，邻居安娜哀号着，大喊着“不”，试图挽回那棺材里躺着的人。男人们在楼梯间的走廊里，一边抽烟，一边三言两语地商量着在抬棺材通过窄门的时候不要转身。当他们把棺材拽到窗外时[1]，阿莉娅把脸转向了墙壁。小巴士车在坑洼不平的路面上不住地颠簸，外祖母的头在敞开的棺材里晃动着。阿莉娅心有不忍，她扶住外祖母的头，以防她的头被撞到。

“要不，把棺材盖上？”一个淡褐色头发的男人问道。

“不能盖。”老卡佳厉声制止了他，卡佳什么规矩都知道。

车从集市开到卡梅尚墓园用了半小时，墓园门口还有人在等着，等大家到了之后就跟在棺材后头走。走到了黄土坑边上，所有人都停下脚步，棺材被安放到小台子上。

“请与逝者道别。”一个不认识的男人发出了指令。众人赶紧走过去，凑近外祖母那苍白的脸，仿佛慢一步便会受到那个男人的惩罚。只有蒂娜一直哭着摇头，好像在问“怎

1　按照斯拉夫民族习俗，人死后要从家里的后门或是窗户抬出去。——译者注

么会这样呢”？阿莉娅抱着蒂娜，除了外祖母，蒂娜是她最亲近的人，在这么多人当中，她只相信蒂娜的眼泪是真心实意的。

“请快点道别吧。”墓地的管事催促道，又低头看了看手表。

阿莉娅盯着脚下，自顾自地发呆。她咬着嘴唇，思考如何才能让外祖母再站起来，却没能想出个结果。她站在棺材旁，就像那个没用的信徒一样，当众人惊叹耶稣将拉撒路复活的奇迹时[1]，她却感到疑惑，这位红褐色头发、半人半神的耶稣是从哪里获得的神力，才会在明知道事实，也听到“已经发臭了”的话时，却还是把拉撒路墓前的大石头挪开了呢？拉撒路身上还裹着下葬时的布条，却如同从梦中苏醒一般真的走出来了！

“我站在这里有什么用呢？就像那十二个废物门徒，既不能让死人复活，又不能使病人康复！”她内心的绝望在咆哮，几乎要脱口而出。

“快道别吧。”叶莉气恼地轻推了一下阿莉娅。

“快道别吧。”老卡佳扶住阿莉娅，机械地重复着别人的话。

1　拉撒路是《圣经·约翰福音》中记载的人物，他病危时没等到耶稣的救治就死去了，但耶稣一口断定他将复活，四天后，拉撒路果然从山洞里走了出来，证明了耶稣的神迹。——译者注

“我就是不想道别！”阿莉娅心里无声地抗拒着，“用不着指挥我该做什么，这可是我的外婆啊，我现在……”

“赶快道别吧，阿莉娅。”蒂娜哀求道，泪水如珠串一般从她的蓝眼睛里流出来。阿莉娅晃了一下，向盖着廉价蓝色花布的窄小棺材走去。她往里面看了一眼便闪开了——不，这不是外婆，一张蜡黄的脸上双眼紧闭，同样蜡黄的双手交叠在一起，握着一个蜡制的十字架——不，这不是她。阿莉娅抬头望向开阔的天空。

“外婆，你在哪儿啊？”她在内心深处用尖厉的声音呼喊着，正如从前在公园的旋转木马上跳下来的时候那样，她头晕目眩，周围的一切都模糊成一片五彩斑斓的光影。外祖母从家长们中间走了出来：“我在这儿呢，不要喊了，像什么样子！”

阿莉娅本已准备好了跟外祖母道别，但是外祖母并没有跟她道别。

“快点道别！”叶莉埋怨着，推搡了一下她的背。

“别拿手碰我！”阿莉娅恨恨地吐出一口气。

为了不吓到蒂娜，阿莉娅从蒂娜身旁挪开了些，她从安放棺材的木头架子前退后一步，然后用尽全身的力气，一下子逃向远处，向着如同有裂纹的陶罐壁似的干裂的田野，向着那仿佛褪了色的盖棺花布一样的天空，逃离了位于墓园边上的那个敞开的新坟。路旁有台挖掘机，司机吃过了午饭，正坐在新挖的备用坟坑旁边，借着铲斗下的一片阴凉休息。阿莉娅飞快地跑到田野上，她从抬起的手肘下放眼望去：一片黄色的草原如波浪般起伏摇摆，晒干的干草被摞成一堆堆低矮的草垛，退了水的河坝中生长着茂密的芦苇，银白色的百合花点缀在绿油油的浮萍之间……再往前是奥吉谢夫克的庄园，田野后面是布尔柳克家的宅院。院里的车夫踢了几脚马车的轮子，然后他跳上车，吹了声口哨，大喝一声，精致的马车便出发了。车子上了油的弹簧片吱吱作响，马车沿着尘土飞扬的道路，向着小镇，向着波洛万多娃公爵夫人学校门口的白色柱子疾驰而去。纤瘦的玛尔戈带着严肃的表情站在学校的门廊上，她用手遮住阳光，伸长脖子盯着闷热的远处，望向她即将要被埋葬的那片干热的土地。

马车里几个小痞子起哄道：

"喔！长脖子怪！长——颈——鹿！"马车在人行道上晃晃悠悠，肆意横冲直撞，马匹扑哧扑哧地打着响鼻，警察吹响了哨子。而纤瘦的玛尔戈仿佛对眼前的马车和闹剧视而不见，她将白色衣领中的脖子伸得更长了，好像要努力看清楚自己六十年后躺在刚做好的简陋棺材里的样子，她压根没有理会马车里的人。

阿莉娅所有的气力都在那个地方被抽走了，她束手无策，她的力量消失殆尽，从前她无所不能的力量来自外祖母，就像那藏在鸭蛋中的科谢伊的灵魂[1]。没有了外祖母，她的力量也枯竭而亡，它被牢牢钉在棺材中，由破旧的绳子缓缓降下，埋入了干燥的黄土坑里。一团团棕黄色的土块拍打在棺材盖子上，听上去像是五月中旬打在房顶上的冰雹。不过阿莉娅什么都听不到，她只剩下游荡的思绪和无助的空虚感，它们像冲进窗子的暴风雨一样闯入她的内心，但不至于让她失去理智。在那片天空中，一切都以某种方式和谐共生，痛苦变得像天空一般开阔，不再那么锋利伤人。

干燥的泥土从她的凉鞋上散落下来，掉到了脚下，泥巴从鞋底脱落，不再粘上去，也不再拖沓在她的脚上。她印象中最后的画面是一个生锈的挖掘机铲斗，有一个皮肤晒得黝黑的叔叔，手里用皱巴巴的报纸包着些吃的，还有个像喷出了血似的碎了的西红柿——不知道是被他咬的，还是当他斜着眼看到一个大声哭号的女孩飞奔过去时，那西红柿在手中被不自觉攥碎了。

人们在那片黄土地中间找到了她，她被牢牢制服住，胳膊被人折向身后。有人可怜她，说没必要这样，这会把她弄疼的。其实捆不捆住她，她自己毫不在乎，因为人们并没有抓到她，她已经飞走了，剩下的——只是一副躯壳罢了。

---

1 科谢伊是斯拉夫民间传说中的人物，具有不死之身，他的灵魂被一层一层地藏起来，最终放到鸭蛋中的一根针上，如果有人将针尖折断，科谢伊便会毙命。——译者注

善良、聪慧、无所不能的外祖母——曾经是阿莉娅人生支柱的人，就这样永远地躺在这片干涸的土地之下了。坍塌的天空没有了支撑，仿佛一块淡蓝色的薄绸三角头巾，笼罩在被太阳晒得灼热的草原上。几个被暑热折磨惨了的人挤进了又闷又热的小巴士车，车开始沿着崎岖不平的道路呼哧呼哧地行进。透过玻璃窗，阿莉娅依稀看到她母亲的同事们进入了公寓，原本空荡荡的新公寓变得陈旧而拥挤。人们带着沮丧的表情一个接一个地进入浴室洗手。叶莉和一个蓝眼睛的男人合力把折叠方桌摊开，又在桌子上头铺上外祖母绣的餐布。阿莉娅听到餐具在叮当作响。

阿莉娅回到了自己的房间，就在昨天，这房间还是属于两个人的。她环顾四周，房间里空荡荡的，她感觉嗓子紧得快要痉挛了。她想找个地方坐下来，可不管是外祖母过世时躺过的床，还是自己的床，她都坐不下去。她去窗台上坐了一小会儿，透过窗子能看到汽车修理站的水泥墙和一个电话亭。她不想被人看到，便拉下了橙色的窗帘，坐到了角落里外祖母的一个旧箱子上。

“去把手洗干净。”叶莉推开门，对她发号施令。

“为什么？”阿莉娅闷闷不乐地问。

“从墓地回来就得洗手，你往棺材上扔土了吧？”

“我没扔！”阿莉娅大喊道。

母亲吓了一跳，退了出去。

窗外天色已经暗下来了，家里还时不时听到刀叉叮当的响动声。等到外头全都安静下来，阿莉娅走出了房门。她听到叶莉的房间里有人说话，她推开门，叶莉站在衣柜前，正在往敞开的旅行包里装东西。

“你要出门？”阿莉娅感到难以置信。

“对。”叶莉应道。

“去哪儿？”阿莉娅步步紧逼地追问她。

“去克里米亚，”蓝眼睛的男人回答道，“知道吗，孩子，在单位的时候，他们给你妈妈办了个旅行证……”

“我不是你的孩子，”阿莉娅打断了男人的话，“我当时只能订最便宜的棺材，可你居然有钱去克里米亚旅游！”她用尽力气挤出了最后一个字。

“你别管我！”叶莉大喊一声，用胳膊肘遮住了脸。

清早，母亲便不辞而别了。

家里只剩下阿莉娅一个人，她坐在地板上，听着不知从何处传来的水滴声——可能是下雨了，不然就是厨房里的水龙头在滴水。阿莉娅渐渐睡去，她梦到了只剩下铲斗的挖掘机，那铲斗在阳光下闪着刺眼的光，不停地向阿莉娅靠近。铲斗上的钢刃让她额头一阵发凉，她突然想到一个不用和外祖母分开的办法！她可以将自己的头撞到那钢刃的一角，这样便会撞得头破血流，正如她从挖掘机司机身边跑过去的时候，那人手里被捏碎了的西红柿一样。

“这样我们就能葬在一起了，”阿莉娅醒了，“葬在同一个坟墓里，就像埃及金字塔中法老和他的随葬俑。”

剪了同样发型的小人偶们穿着相同的白色服装——他们是陪葬者，阿莉娅在历史课本上见过的。他们在法老的土地上播种、收割、捆稻子，再把稻束堆成垛，直到那位法老被宽大的白色绷带裹住，长眠在一个奇怪的棺材里，那棺材看起来就像一只被纵向切开而不是横着打开的套娃。法老从琐事中脱身，远离了尘世的烦恼，甚至他那颗小小的心脏也离开了他的身体。他安息了。一只巨鸟用一个大大的天平称量着法老的心脏，这只鸟长着宽大的喙，却有一双人的手。天平的另一个托盘里放着一根神奇的羽毛，用作衡量罪恶的砝码。一群随葬俑被安置在法老周围，等待他被唤醒的时刻。比方说，法老被唤去耕种，他们的职责就是立刻从法老身旁的小棺材里跳出来，高声喊出“我来替他”，于是他们就代替法老去开荒垦地。

“外婆，我来替你……”

阿莉娅顿住了，她想起自己什么也不能替外祖母做了——哪怕是芝麻大小的事也不行了。

“要是我能躺在外婆身边,就不会有这种痛苦和空虚了。”

她睁开了眼睛，外祖母站在窗下正望着她。阿莉娅缓缓起身，她不敢弄出声响，生怕把外祖母吓跑。她踮起脚尖走到门口，飞快地冲了出去，然后绕着房子跑起来。她又惊又怕，快要喘不过气来。她绕过房子的拐角，那里没有人，外祖母耐心地等在那儿，阿莉娅四下张望，确认没有被邻居们看到。外祖母沿着房子走向一片荒地，她穿着一件灰蓝色的春秋季大衣，沿着柏油路行进，身后是黎明时分灰蓝色的天空。她的步伐不快，可阿莉娅却跟不上她。外祖母没有转身，她近乎无声地问道："你妈妈怎么样？"

"她去克里米亚了。"阿莉娅嘟嘟囔囔地埋怨。

"挺好的，她也该好好休息休息了。"

"那你呢，外婆？你在那边怎么样？"

"我很好。"外祖母点点头，这个点头已经说明了一切，"那边温暖干燥，厕所不在院子里，又不用生炉子。"

"我把你葬在了北面。"

"那儿不让吸烟。"外祖母说，她又补充道，"别哭了，我哪儿也没去，他们葬下的不是我。你朝棺材里看过的，我不在那里面。"

"那你在哪儿呢？"

"我跟你在一起。睁开眼睛！"外祖母严厉地命令道。阿莉娅使劲儿睁开了眼睛，她正背靠着床，坐在地板上。

阿莉娅站起身，看向窗外，街道空无一人，那些单调的白色房子的屋顶上方，灰蓝色的天空逐渐变得绯红。阿莉娅像只被人欺负了的小狗一样呜咽起来，她躺在床上，脸朝向窗子，怕错过了外祖母。不知什么地方一直在滴水，一股焦煳味儿飘了过来。

“怎么才能让外婆不再‘回来’了呢？”当卡佳回到家，阿莉娅问她。

“把遗骸封印住，”卡佳两手一摊，仿佛这是一件再简单不过的事，“上帝是仁慈的！”她双手叠握，抬起头望着天空。然后，她从包里掏出一块大手帕，把手帕抻开，仔细地捋平上面的褶皱，说道：“你去墓地，在坟墓上挖点土放到手帕里，像这样——就像把信装到信封里一样，装的时候小心别弄撒了，然后你把它带给神父，神父会用这一小抔土做安灵弥撒[1]。等到结束之后，你再回去把它撒到坟墓上，它将成为一个印记，这样她就会安息了，也不会再来了……不过这之后你就再也见不到外婆了。”

“哎哟，我的天啊！”她用两只手掩住脸，“你就这么把我扔下了吗？我亲爱的妹妹啊！”卡佳说道。

阿莉娅去了墓地。她束手无措地在路中间的林荫道上站住了，那条林荫道从大门一直延伸到草原。她突然意识到自己并不知道该往哪儿走，也没人能问。像在做跳水之前的准备动作似的，她深吸了一口气，眯起眼睛积蓄着力量……就这样，她想起自己是如何在墓地上空飞驰而过——先从那里——然后往上——那个安葬外祖母的棕黄色土坑，有一台

1 安灵弥撒，即追思弥撒，是教会为悼念逝者而举行的祭奠礼仪。——译者注

挖掘机，还有老太太们的黑色头巾……这些都在林荫道的左边。阿莉娅睁开了眼睛，坚定地沿着狭窄的小路向左走去。她惊讶地发现，在外祖母的坟墓后头，整齐地排列了长长的一排新坟。外祖母的棕黄色坟头上的花圈已经干枯，花瓣全都蔫了，失去了原本鲜艳的颜色，看起来跟泥土一个样，写着“亲爱的母亲和外祖母”的黑色缎带也被风吹得乱七八糟。

斯皮里托娃·玛格丽塔·米哈伊洛夫娜[1]——阿莉娅读了墓碑上的字，上面还有两个用连字符隔开的日期。她看了看出生和死亡的时间，惊讶地发现自己对这个叫玛格丽塔·米哈伊洛夫娜的人根本一无所知。外祖母的生命结束了，她的人生就像一本被撕掉了第一章节的书。阿莉娅所认识的外祖母是从自己出生那天才开始的，从那天以后，不为阿莉娅所知的玛格丽塔·米哈伊洛夫娜就失去了自己的名字和父称，取而代之的只有一个简单的称呼——外婆。

“我一点都不了解你。”阿莉娅对着坟墓羞愧地说道。她觉得自己像个孤儿，仿佛从来都没有过父母一样。她吓了一跳，赶紧回忆外祖母让自己记住的事情：伊万·汉尼拔建造了赫尔松[2]要塞，而建造了赫尔松的是女皇……

“索菲亚-弗雷德里卡-奥古斯塔。”她突然脱口而出，就像外祖母一向要求的那样。阿莉娅又重复了一遍，可外祖

1 斯皮里托娃·玛格丽塔·米哈伊洛夫娜为上文中玛尔戈的全名。——译者注
2 赫尔松为乌克兰南部的一个州级行政区。——译者注

母的父母姓什么——是斯皮里托夫？卡巴诺夫？奥吉谢夫？还是米亚索耶多夫？——她却怎么都想不起来了。“那可是我的祖先们啊！”阿莉娅十分惊慌，她意识到，这个空白是无法填补的。她可怜地哀号着：“外婆！你到底去哪儿了？”

一阵风袭来，尘土像浪花一样被风卷起，阿莉娅站在坟墓之间的小路上，大风把她吹得像是转盘上飞速旋转的指针。她注视着外祖母的坟墓，看了看那干枯的花圈和被晒得褪了色的缎带，然后在坟边蹲下来，用手刨了几下上层的干土，把一小撮泥土包在了手帕里。她回到镇上，在被祖母叫作福斯塔特的大街小巷间穿梭，她手里一直握着那包东西，从集市走到了旧公墓的万圣教堂。她来到祭坛前，胆怯地看了一眼那个穿着神职长袍的大胡子男人。男人点了点头，从她手上接过了手帕。

“逝者的名字是？”

“玛格丽塔。”

“她是教徒吗？”他严肃地问道。

阿莉娅点了点头。

神父退到角落里的圣像处，对着装了泥土的手帕念念有词。

“主啊，请保佑你死去的仆人玛格丽塔的灵魂安息……赐予她无上幸福，去往主引领之路。”神父放大了音量，阿莉娅的心紧紧地揪着。

“上帝啊，求您保佑。”阿莉娅跟着重复道。她站在一旁看着圣像，心里很是感慨，上帝把她的外祖母带走了，可她并没有感到气愤，而是赞同了上帝的做法。“他把她带走了……我若是能把她带回来该多好。”

这可能是她长大之后第一次面对离别，她抬头看向天空，天空也在看着她，她仿佛又回到了小时候，一时分不清这是现实还是幻想。

“拿去吧。”祷告结束后，神父对着那包着泥土的手帕点了点头。

阿莉娅接过手帕，她感觉在做完祷告之后，手里的那包东西就变成了一座小小的坟墓，坟墓里头是一个“随葬俑”——她脑中随即出现了另一个词，她发现，掌心里放着的竟是她本人的坟墓，坟里躺着的是自己——外祖母的“陪葬者”。阿莉娅把攥在手心里已经湿透了的钱递给神父，钱是卡佳给她的，可神父没有收。

“你是教徒吗？”神父又问道，阿莉娅点了点头，于是他更加温柔地说，“买几根蜡烛吧，然后把蜡烛摆上，上帝会保佑她的灵魂得到安息的。”

阿莉娅买了一把蜡烛，她徘徊在圣像之间，这是她人生中第一次那么仔细地端详圣像上的面容。

阿莉娅坐着颠簸的大巴回到了卡梅尚公墓，她把手帕里的土倒在了坟墓上。泥土一下子被风吹走，又被阿莉娅在空中一把给抓住了。她蹲下身子，用手抚平了坟墓上的土。她抚摸着写有外祖母名字的墓碑，第一次想到自己有一天也会有一个坟墓，随即她发现这个坟墓就近在眼前，她甚至已经将自己的部分身体埋了进去。

“随葬俑这就来了。”她慌乱地把手帕卷了卷，又捡起一根树枝，在坟墓旁的角落里挖了个坑，把手帕埋了进去。她用衣服的下摆擦了擦手，锥心的痛又一次向她袭来——她没有外婆了。“上帝把她带走了。”她一边提醒自己，一边向四周张望，好像上帝就在附近。“假如我是你，我也会这么做，”阿莉娅对着看不见的上帝说，“你把她让给我整整十八年的时间，如果我是上帝，我才不愿意跟别人分享外婆呢。就让孩子们在世上自己折腾吧，而我们这些神——我们将会跟老奶奶们在天堂生活。”阿莉娅往教堂圆顶的方向望去，天空晴朗无云，燥热的风在隆起的坟冢之间将尘土卷成一个个柱形，枯萎了的花圈和褪色的缎带在她脚边蜷成一团。阿莉娅往脚下画了个十字，她觉得在这空荡荡的、满是尘土的地方已经没什么可做的了，于是她带着满身的灰尘和空虚感回家了。她坐到厨房里外祖母常坐的圆凳上，从水龙头往外祖母那个缺了口的大茶杯里接了杯水，一口就喝完了。这之后，她才疲惫地问卡佳，为什么该怎么做卡佳全都知道，而外祖母却从来没告诉过自己。

“她教会了我这么多，却从没教过我关于死亡的事情。”

“玛格丽塔自己都不懂！”卡佳嘴里念叨起来，“妈妈在她很小的时候就去世了，我们那可怜的爸爸在那之后也没活多长时间，就在那阵子他输掉了很多钱。奶奶也过世很久了，做祷告的时候玛格丽塔的膝盖都跪破了，奶奶死的时候她才十三岁。”

“还有廖瓦，多好的一个人，那时候他还没死，”卡佳回想了一下，继续说道，“而且也没办过葬礼，整个犹太区的人都不知道在哪儿被秘密枪毙了……”

“犹太区？那是什么？”阿莉娅打断她。

“谁知道呢？曾经在那儿待过的人都被杀了，可没在那儿的人说的话又不靠谱。最主要的是，玛格丽塔没有给廖瓦办过葬礼，她的女儿维佳也失踪了，她上哪儿去知道死这回事……而且，这种事情有什么好知道的？”卡佳断然地说，“我们活着的时候看不到死亡，而当死亡来临的时候，我们也不存在了，你得把灵魂交还给上帝，就是这样。”

阿莉娅没等到母亲从克里米亚回来，就把自己的大集邮册卖掉了，然后登上了火车。一天以后，阿莉娅在莫斯科库尔斯克站下了车，去投奔住在奥斯坦基诺区卡申金牧场大街的娜塔莎，那是她外祖母同父异母的妹妹。阿莉娅申请了一所艺术学校，她没想到自己居然被录取了。

娜塔莎有些忌惮与阿莉娅相处，因为她自己没有孩子，她也清楚阿莉娅的脾气有多执拗。叶莉并没有感激娜塔莎，反而恨上了她，因为她没有帮阿莉娅注册上莫斯科的公寓。娜塔莎倒是想帮忙，但这不符合规定，根本办不成。吃茶点的时候，娜塔莎给阿莉娅读了她的诗作，并炫耀说这些诗得到了亚历山大·勃洛克[1]本人的称赞，他希望见见诗歌的作者，但是娜塔莎退缩了。家里的墙上挂着一些镶在精致相框里的老照片，照片上是在饰演各种角色的娜塔莎，她双手背在身后，身上穿着莫斯科艺术剧院第三制片中心的演出服。阿莉娅听说了许多大人物的故事，甚至还把著名导演卡恰洛夫用过的旧皮包带去过学校。有一次，娜塔莎的邻居冉娜听老太太娜塔莎说阿莉娅是从赫尔松来的，惊讶地把手一拍，说道：

“真是太巧了！我爸爸也是赫尔松人。”

“他姓什么？”阿莉娅问。

“您可能不认识，他们在战前就离开了，他姓达舍夫斯基。”邻居说。

“我听过这个姓，”阿莉娅眯起眼睛，回想着某些细节，“不知道您听没听过芬克尔斯坦这个姓……”

“廖瓦？”女人捂着嘴惊呼道。

“那是我的外祖父。”

“这太难以置信了！”女人抓起电话，拨通了号码，“爸爸，我把电话给廖瓦·芬克尔斯坦的外孙女听。”

---

1 即亚历山大·亚历山德维奇·勃洛克，俄国19世纪末20世纪初著名诗人。——译者注

娜塔莎困惑地看着她。

“我也是在赫尔松长大的。”她感觉受到了冷落，可没人在乎她说什么。

“你好啊，外孙女。”一个老人的声音精神饱满地从话筒里传来。

“您好。”阿莉娅迷惑不解地应道。

“你是谁的孩子？维佳的还是叶莉的？”

“叶莉家的，维佳阿姨失踪了，没了消息……”

“那玛尔戈怎么样了？”老人询问着他熟悉的名字。

“外婆过世了。”

阿莉娅停了一下，等着他问廖瓦外公的事。

“那么，外孙女，你什么时候来见见我？你叫我格里尼亚外公吧，我是廖瓦的表哥，我俩的妈妈是亲姐妹。”

“啊，我想起来了，”阿莉娅兴奋地跳了起来，“外婆说过，我妈妈小的时候，格里尼亚·达舍夫斯基一抱她，她就往他身上撒尿。”

“是有这回事，”老人和善地笑了，“叶莉现在怎么样？”

“挺好的，她快退休了。”

“她多大年纪？”

“五十五岁……”

“是吗？那你多大了？”

“我二十五岁了。”

“你那个懒鬼弟弟比你小一些……”

“我还有弟弟呢？”

“没想到吧！你还有个穆拉外婆呢，快来吧，冉娜会告诉你怎么走，你把电话给她。”

“今天不行，”冉娜放下电话后说，“他刚出院，我怕他会太激动。”

“妈妈，你快坐飞机过来！”阿莉娅打电话回赫尔松，“我找到咱们家亲戚了！记得吗，格里尼亚·达舍夫斯基，就是那个你往他身上……”

“我拜托你，离他远一点，”叶莉愤愤地说，“就是他害死了你外公！”

阿莉娅买了一束观赏菊，在罗戈日关卡站下了车。一个自称是阿拉姨妈的陌生女人站在门口，邀请她进屋。一张铺着华丽桌布的大桌子横在房间里，桌前坐着一些陌生人。

“来，外孙女，我来介绍一下，”一个精气神十足的老人拥抱了她，“这是我的妻子，也是你的穆拉外婆。”

“天啊，她长得可真像维佳！”穆拉惊讶地拍了拍手，又摸了摸阿莉娅的辫子。

“那当然了！”一个女客人开口说道，“叶莉是深棕色的鬈发，而维佳是浅褐色的直发，跟您一样”。

“这是我们的孙子，你捋顺一下，他是你堂弟还是表弟……”

“是表弟，”一个黑黑瘦瘦的男孩说道，“捋顺过一百遍了，我是加里克。”他向阿莉娅伸出了手。

“别握手，你得亲吻你的姐姐。”爷爷呵斥道，加里克听话地吻了吻阿莉娅的脸颊。

那个被叫作阿拉姨妈的老妇人穿了一身黑衣服，显得很庄重，她抽烟时双手一直在发抖，把烟灰都洒到了烟灰缸的外头。桌子上已经摆好了餐具和绣花餐巾，角落的五斗柜上特意摆放了一些棕褐色的照片。格里尼亚外公把阿莉娅领到柜子前，眼里神色忧伤。

“你认得出来吗？”他递给她一张外祖母和廖瓦头靠着头站着的照片，“这是他们在莫斯科的时候照的，是他们最后的几张照片了。”

“莫斯科？”阿莉娅十分诧异，“我都不知道他们去过莫斯科。”

“怎么会呢？革命前廖瓦从圣彼得堡的一所大学毕业，他们在那里举行了婚礼。这是玛尔戈过来找他途经莫斯科的时候照的。”

阿莉娅还是无法掩饰她的惊讶。

“你竟然不知道，难道你没听说她是两只脚穿着不一样的鞋子来的吗？”格里尼亚大笑起来，“她下了火车，廖瓦看到她一脚高一脚低的样子，急忙冲过去问她怎么了，但玛尔戈根本没明白他是什么意思。她看了看自己的脚，这才注意到自己穿了两只不一样的鞋，一只带鞋跟的，另一只却没有，简直是太马虎了。”格里尼亚两手一摊，如是说道。

阿莉娅来来回回看着这几个人，试图找到确凿的证据，证明他们跟自己是亲戚。

“这张是廖瓦被叫去莫斯科处理诉讼时照的，”格里尼亚把照片在手里调了个方向，“那是1937年，他当时在乌克兰可是非常有名的律师。”

“格里尼亚，别骗小姑娘了，”穆拉招招手，“孩子，快坐下吃饭吧。”

大家纷纷询问阿莉娅现在做什么工作，有什么爱好，专业是哪方面，以后有什么打算。穆拉时不时地提醒格里尼亚，让大家别打扰客人吃饭。

“您得原谅我这么说，”阿拉姨妈一直盯着阿莉娅手中的叉子，“您可能不喜欢听到这样的恭维，但您的手跟您外祖父的太像了。要是从人体结构学上看，完全是一模一样，简直让人难以置信！您拿叉子的方式也像廖瓦叔叔一样，您会用它打拍子吗？”

“可以的。”阿莉娅把叉子舔净，然后敲出一段悦耳的旋律。

“哦，不，求您了！”阿拉姨妈突然喊道，“我不能再看了！”她以手掩面。“廖瓦叔叔以前经常把盘子右边的桌布敲破……”她的手在空中比画了一下，“然后玛尔戈婶婶和女仆——她叫吉娜，她们就得一直缝补，因为廖瓦叔叔会不自觉地敲叉子，所有人都知道那一刻他要干什么。”

“对，没错！”格里尼亚的女儿冉娜惊呼道，“我记得廖瓦叔叔和玛尔戈婶婶来我们家的时候，你还跟廖瓦叔叔吵过架，把他气得要断绝来往！”她用手指戳了戳穆拉的胸口：“他们离开之后，也只有维塔利克见过他们。”

“是的，他是战争开始前最后一个见过他们的人。”格里尼亚点了点头。

“那为什么战争结束后你们再没出现呢？”阿莉娅最终还是问了出来。

“过意不去，”格里尼亚说，“我们活下来了，心里过意不去啊。”

夜里，阿莉娅拿着外祖母和廖瓦的照片坐在电话旁，拨动了号码盘。

在赫尔松那边的叶莉接了电话。

“妈妈，格里尼亚外公给了我一张照片，是你的爸爸和妈妈……”

“这么说，你还是去了？”叶莉绝望地问道。“让他们去死吧！你懂个什么啊？！”叶莉在电话另一端歇斯底里起来，“你对咱们家的事了解多少，说啊？！”

“你喊什么啊？”阿莉娅并无恶意地回应道，“你们什么都不跟我讲，我怎么能知道呢？这也是我的家啊，妈妈，现在我们的亲戚出现了，你却跟我说不要去……你们到底怎么了？”阿莉娅轻声地问。

“我们只剩下一片灰烬——所有的一切都被烧毁了。德国人来了，他们把爸爸带到了犹太区，我被盖世太保抓了起来，维佳也失踪了，房子被洗劫一空。这个格里尼亚·达舍夫斯基抛弃了我们，把我们留在了赫尔松。战争开始后，有人给爸爸找了一辆车，格里尼亚去开的车，可他却没来接我们。结果呢，达舍夫斯基一家全都撤离了，我们家却遭了殃。后来格里尼亚还散布谣言说是玛格丽塔不想走，因为她在等德国人来。”

“她为什么要等德国人来？”阿莉娅不明白。

“因为她是德国人。”

“外婆明明是希腊人……”

“没错，但是叶卡捷琳娜女皇在建立赫尔松时，先去德国那边找的工人。她在那里买了一批德国人，剩下的钱又换了些犹太人。所以，在我们的祖先建成舰队并把希腊人带回来之前，赫尔松的人口除了犹太人就是德国人。”

“他们两个之间发生了什么事？为什么哥哥就不能带着弟弟一起走？”

“我不知道，我当时还小！”叶莉用手捂住了脸。

“能有多小，妈妈？”阿莉娅激动地说，“还没参加毕业舞会吗？”

“格里尼亚曾经有个情妇，是他的邻居罗莎，她给他生了一个男孩。爸爸看不惯这个，而格里尼亚也不喜欢妈妈。就是他害死了爸爸。”

阿莉娅去了市场，她在摊位前徘徊许久，挑了些西红柿。

她最终把西红柿装进了一个漂亮的盒子里，然后给格里尼亚外公打了个电话。

一个陌生的声音回答她，老爷子去世了，全家人都去医院停尸房告别了。阿莉娅记下了地址。

昏暗的大厅里，穆拉穿着一身得体的棕色大衣，站得离棺材很远，她一边哭一边用手帕大声地擤着鼻涕。当一个穿着长长的军大衣、身材高大的军人跑进来时，她停了下来。

“是维塔利克。”有人低声说出了一个名字。

“他是我们邻居罗莎阿姨家的儿子。”阿拉姨妈解释道。

他摸了摸格里尼亚的额头，突然转身离开棺材，走到了墙壁前，从军大衣宽大的袖口伸出一双纤瘦的手，他捂着脑袋哭了起来。

“他知道自己哀悼的人是谁，”穆拉抬起手指了指，“他的格里尼亚叔叔在大疏散时救了他。”

“车开得太慢了，像牛车一样。”维塔利克点点头，用军大衣的袖子擦去眼泪。

莫斯科下起了暴风雪，一个驼背的老犹太人走进了医院停尸房附近那条堆满雪的小巷，在馅饼铺中低声地念着陌生的几个字——“赫尔松”。阿拉姨妈把阿莉娅介绍给一些她不认识的人，他们只是敷衍地点了几下头，但当阿拉姨妈说这是廖瓦·芬克尔斯坦的外孙女时，那些犹太人就哭了起来。只有一个人阴阳怪气地说：“我居然也有失散多年的亲戚呢——赫尔松来的穷亲戚！就不能给我找到个纽约的富亲戚吗？”

在墓地的时候，阿莉娅站在告别的队伍里，轮到她时，她便照着别人的样子，往棺材上扔了一把土。回到家里，她也跟着大家排队去浴室洗手。人们在追思宴上吃光了来自赫尔松的西红柿。

歧路知返

Помидоры из Херсона

奥莉加·达尔菲 著
张婵 张美会 译

奥莉加·达尔菲

Ольга Дарфи

奥莉加•达尔菲，作家、导演、编剧。出生于圣彼得堡，曾在俄罗斯国立人文大学学习，2000 年于国立赫拉西莫夫电影学院毕业，成为一名故事片导演。2017 年执导的纪录片《我是加加林》获得国家“桂冠”奖提名。其他电影作品还包括艺术片《万花筒》、纪录片《诗人之死》、战争片《等待万诺》等。

“派对狂——一群不学无术、厚颜无耻的白痴，他们吸食毒品，穿浮夸的灯笼裤。”这就是我妈妈眼中派对狂的样子。在她昏昏沉沉地进入睡梦之时，她看不到我就是那个在派对上彻夜狂欢的人。

由于刻板印象，人们看向那些摇摆着身体、害怕平庸、不愿墨守成规的人的眼神，就像死人凝住的双眼一样可怕，于是我走上了叛逆之路。我不去上学，不去工作，也不生孩子。我不想做善事，也不想做一个对社会有用的人，宁愿放纵享乐，为自己的快乐而活，让心搏骤停，从肚子里发出舒服的咕噜声，仿佛从肩胛骨下长出了翅膀一样美妙。父母不会像我们这样，他们甚至无法想象这样的生活。我那可怜的妈妈每天都要去上班，她以为我还在好好上课。

我每天下午五点睡醒，然后精心挑选在派对上要穿的衣服，这就好比在哲学和冥想、瑜伽和象棋、Facebook 和 Twitter 中二选一，每套衣服都有自己的故事和风格。穿上 20 世纪 50 年代的奢华风，你就是在罗马度假时逃出来的浪漫美人儿；身着 60 年代的极简风，则摇身变作《白日美人》里面的凯瑟琳·德纳芙，低调却妩媚；男性裤装表明了你的女权态度，你用瓦莱丽·索拉纳斯[1]的宣言武装自己，做好了给每一个靠近你想占一把便宜的人狠狠反击的准备；换上了彩色连帽衫，就代表你是无忧无虑飞来度假的蝴蝶。

妈妈在克里米亚的一个快倒闭的酒厂做试酒员，负责品尝酸葡萄酒，我曾拿自己做实验，看看喝多少能失去意识。我一直喜欢在“刀尖”上行走，我试过做所有被禁止的事，但我没有吸食过海洛因，没蹲过看守所，也没有犯过毒瘾。我没有为了那一剂量毒品出卖自己，也没有偷拿过奶奶的古董。我是个“模范女孩”，我像是个走钢丝的人，在现实和禁忌之间的绳索上保持平衡，并勇敢地去征服世界。我读过很多卡斯塔尼达[2]的书，也结交了医学诠释小组的朋友，我想要掌控宇宙的奥秘。但是怎么把这件事告诉妈妈呢？回避和隐瞒，都是让人沮丧的。真应该坦诚地告诉妈妈，让妈妈了解这种先进的、具有实验精神的生活方式。

有一天，我的朋友瓦尼亚——一个身材瘦弱的圈内老手，边神秘兮兮地向我使眼色，边低声对我说，万事俱备，我可以会见娜斯佳了，到时候就能得到我妈妈对这件事的答案。

约好的那天细雨连绵，我穿了一条简单的灰色及膝连衣裙，白色的领子，搭配苏联式长筒棉纱袜，把头发编成辫子，反正是妈妈喜欢的低调模样。我想象着，娜斯佳应当是一个

1 瓦莱丽·索拉纳斯，美国激进女性主义作家。——译者注

2 卡洛斯·卡斯塔尼达，秘鲁裔美国作家、人类学家，神秘主义者。——译者注

年轻的、身材丰满的非洲女人，腰间缠着铃鼓，耳朵上佩戴着猛犸角的碎片。而事实上，“娜斯佳”就是一只装着透明液体的小细颈瓶。

我们聚集在一个空荡荡的公寓里，公寓所有房间都朝着不同的方向，高高的天花板和巨大的窗户似乎给人打开了一个广阔的想象空间。为了跟“娜斯佳”会面，需要进行一个仪式，所有人需要在心里想清楚问什么，然后向茫茫宇宙发问。我的问题是，如果知道了我的所作所为，我那个从小到大受东正教浸染并且说一不二的妈妈会有怎样的反应。这是我进行“药物之旅”的基本方向。

下一步是播放音乐，我和瓦尼亚提议听巴赫的众赞歌，毕竟它们都是和声作品，跟电子乐非常相似。乐曲风驰电掣、跌宕起伏、丝丝入扣、余音绕梁。巴赫的音乐是我们可以依靠的安全港，是迷宫里的阿里阿德涅之线[1]——指引我们找到来时的路。

进行神秘仪式的地方是一张巨大的、像一座孤岛的床，所有人要互相拥抱着躺在那儿。天使一样的女孩子们把白得像云朵似的床单铺在上头，床单窸窣作响，散发着好闻的味道。

燃烧的蜡烛发出柔和的光线，巴赫的音乐在耳边流淌，

---

1 源于古希腊神话。阿里阿德涅之线常用来比喻走出困境的方法、解决复杂问题的线索。——译者注

一切准备就绪，我们进入了冥想。

我躺在云朵床的边缘开始想象，想象最真实的妈妈是什么样的。思绪不断起伏，一幅幅画面从我脑中闪过：妈妈愤怒地尖叫着，把我赶出家门；她伤心欲绝，号啕大哭，之后因为偏头痛倒下，第二天则用沉默表示抗议……妈妈是一个脾气暴躁而思想保守的人，我心疼妈妈，但从没让她开心过。好在巴赫的音乐将我那柔弱的女儿心拉了回来。一个个音符强劲有力，扣人心弦，将这情感碾成肉末，迅速地带走。肉末散成无数微小颗粒，它们由软变硬，噼里啪啦地掉落下来，然后那些小肉球拼成一句荒谬的歌词：“肉末不可能变回从前，你无法将它们复原……”这画面不停地环绕着，但很显然，它并非在我的主观意识中，而是存在于另一个低级的意识里。

接着，细小的碎末分离开来，那些歌词又散落成一个个单独的字母，回到了赞歌中。我坐上了橡胶隧道中的“过山车”，我想弄明白自己的处境，可是该怎么做呢？我已然不再是人，而是巴赫的赋格曲中的一部分音符。我快速地飞向远方清澈的高空，猛烈地掉了个头，再次飞了上去，我的肠胃翻江倒海，真像在坐“过山车”一样。

灰色的天花板低垂着，仿佛就要塌掉，这情景突然让人意识到，一切都结束了。我睁着眼睛躺在那儿，发觉并没有了解到妈妈的答案。难道是我准备得不够充分吗？或许我终究还是在巴赫的音符中发现了些什么的，可那是什么呢？

我尝试着走下床，我的膝盖在打战，身体像是灌了铅的布袋子一样，脑袋牢牢地贴在肩膀上。见鬼，我的脖子是怎么了？我迅速照照镜子，看看脖子是否还在原处，不，不在原位了。无所谓了，这并不重要。

我松了一口气，走到冰箱前，拿出了一个“飞行”牌蛋白酥甜点，这是苏联糖果业里做得最好的牌子。我拿了一把长长的、锋利的刀子，却没有刀柄，这种刀为什么要放在家里呢？

以防万一，我把刀放回了原处，用手掰下一块蛋糕，狼吞虎咽地吞了下去，接着把剩下的也咽进了肚里。我的脖子恢复到了原位，我回到房间，边走边清了清嗓子：“呃……”可没人注意到我，于是我大声说道：“我能不能……”瓦尼亚将冰冷的手放到我的嘴唇上，示意我不要讲话，让我继续感受药物的后劲。

我坐下来，闭上眼睛开始感受。因为在厨房吞下的蛋糕没嚼碎，我感到恶心。我微微睁开一只眼睛，像“独眼龙”一样把眉头皱起来，观察起那几个“瘾君子”。画家一直在打嗝，作家把脸转向了墙壁，像一摊烂泥躺在那儿。一向精力旺盛的胖子倚在床头的靠背上两眼放空。一个虚脱了的人在大口喝水，让自己恢复气力。就是这么一群庸俗的小混混，试图从旁门左道潜入知识的盛会，去参悟智慧的真谛。

我脱掉灰色紧身裙，换上牛仔裤和蓝色高领毛衣，出门来到了街上。

雪静静地下着。我看向四周，不知该去哪里。我径直向前走去，身后没人追我，我向前飞奔，没人追得上我。我表达着抗议，可并没有谁禁止我做任何事情。

我看到电线杆上贴着一张被风吹得上下颤动的纸，那上头印着字，我仔细看了看，读了出来："参加智慧和知识盛会的主人公们只能从正门进入。——妈妈"

这是什么意思？

我稍微眯了眯眼睛，缓缓念道："招聘——'仁爱与知识'合作社需要多名护士，要求技能熟练，须具备学位证书。"我撕下上面的电话号码，塞进了冰凉的裤兜里。

我站在那儿，三个女孩有说有笑地经过我身边，向我打听现在几点了。

后来我把那个妈妈的告示跟瓦尼亚说了，他哼了一声，答应会考虑一下。朋友们是不会考虑通过正当途径获取知识这种小事的。他们一次又一次地进入飘飘欲仙的幻觉，被带向某个不为人知的地方，终有一天他们将一去不返。

而我回了家，回到了妈妈身边。

我好不容易才回到南岸的镇上，当我走进堆满了垃圾的狭小公寓时，妈妈正在厨房的圣像下坐着。她已经把第二瓶起泡红酒喝得见了底，开始的一瓶已经空了，空瓶子在凳子脚那儿放着。

还没等脱下鞋子，我就听到妈妈高声地说，最早在欧洲商品中出现的条形码上，也就是那些密密麻麻的黑色条纹中有三个数字6。那可是魔鬼的代号，是在《圣经·启示录》中记载的可怕数字！它随着数字技术侵入了我们的世界。目前它只是印在商品上，但离印在我们额头上的那一天不远了。

妈妈递给我一个从法国洗发水瓶上撕下的标签。

“看吧，好好瞧瞧！”

我接过纸片，上面有一些黑色的线条，两条细长线和五条短线在两侧，中间又是几条细线和五条短线。两组条纹对应的是编码6，每个条形码都包含三条双长线，连起来的确是“666”。

我吓坏了，跌坐到地板上。在这个八米长的厨房里，在旧胶面桌布上的一把普通陶瓷茶壶和一个手柄上带缺口的茶杯之间，可怕的“魔鬼代号”竟这样悄然而至。

“用不上一个小时，三个6就会把我们包围，”妈妈嘴里不停地说，“撒旦从地狱里出来了，我无法想象他会干出些什么坏事！”

我看着激动的妈妈，她面颊绯红，眼睛闪闪发亮，灰白色的卷发有些凌乱，然后她逐渐平静下来，把手按在了脉搏上——妈妈有一套她自认为先进的人生经验。

我喃喃地说，文明依旧存在，我们也在不断发展。人类是不会屈服的，几千年来，人们都在为正义而战。我们是光明的战士，为战胜黑暗拼尽全力。我们之所以研究魔鬼，是要理解他的语言，才能以其人之道还治其人之身。

我去洗了个澡。卧铺车厢里带来的满身尘土很快被水冲净了。泡沫柔软又细腻，真丝窗帘随风沙沙作响，妈妈却敲响了我的门，要我当心着点儿。

“别自作聪明！要是被魔鬼缠上，他才不会轻易放过你！别不当回事！哼，你太自以为是了！把门打开！”

“干吗呀？”

妈妈也不清楚自己要干什么，大概是我傲慢又蛮横的样子让她感到了担忧。从大城市回来的我挂着大大的黑眼圈，一副瘦得皮包骨头的模样。

我站在冰冷的淋浴下，水流无情地将肥皂沫冲散。我向妈妈，也向自己保证，今后会用心谨慎地生活。我会辨认出撒旦的伪装，就算他穿上蓬松华丽的礼服，潜伏在电影节的红地毯上，我也认得出来。

我带着些许不安走出浴室，朝厨房看了看，妈妈把最后一点儿酒倒进嘴里。她漫不经心地裹上披肩，坐在那里沉思了一会儿。随后，又带着若有所思的表情起身回了卧室。门砰地关上了，对我来说，妈妈总是让人难以捉摸。

我擦掉桌子上的面包屑，把沉甸甸的酒瓶扔进塑料桶里，然后拉开了窗帘。

在一棵梨树突起的枝杈间，一轮圆月微微摇晃着，它看上去是那么近，那么柔和。在世界的另一端，派对狂们正在跳舞，魔鬼也在做着他的本职工作。他似乎遥远又虚幻，可是，他是否已与我近在咫尺了呢？我猛地咳嗽起来，咳了好一会儿。

千叶蓍

Тысячелистник

尼娜·亚戈丁采娃 著

张婵 张美会 译

尼娜·亚戈丁采娃

Нина Ягодинцева

尼娜·亚戈丁采娃，1962 年出生于车里雅宾斯克州的马格尼托戈尔斯克市，1987 年于高尔基文学院毕业，是俄罗斯女诗人、俄罗斯作家协会秘书、文化学副博士。出版了 30 余部作品，曾获巴若夫文学奖及涅费德耶夫文学奖。代表作有诗歌《叶子的火焰》、诗集《安静的名字》等。

据说，人如果活到有曾孙的年纪，上帝就会原谅他所有的罪过……我的母亲安东尼娜·亚历山德罗夫娜就活到了那个年纪。实际上，她只来得及在视频里瞧瞧她一个月大的曾孙万涅奇卡。半裹在襁褓中的孩子坐在小浴盆里扑腾着，在温暖的洗澡水中，他幸福地眯起了眼睛。而我母亲则倚在高高的枕头上，对着他温柔地笑着，就好像那孩子能看到她一样。她的孙子在祖母对面举着智能手机，他坚信祖母一定会康复，继续跟我们生活下去。

在 2015 年那个凉爽的七月，上帝让我和母亲度过了她人生中最后一个月。她回想起她的童年、她的青春，就好像在准备考试一样，思考自己的每一个人生抉择是否正确，这之后又是如何因果相应的。在上帝面前，她对以往的岁月是如此认真负责、坦白忠诚，仿佛只能为这一件重要的事情、这一项特殊的任务负责。我十分了解这个东正教农妇的人生信条：将每一个生命赋予意义，认为这世界上的一切生命都不分大小、强弱……她不恐惧死亡，也不认为真正的消亡是存在的。

她很想回到家乡，那个叫乌斯季－乌连的美丽村庄，于是我在网上为她找到了一些照片，一张照片上有一座方尖碑，那是在一个被毁坏的教堂里；还有一张上面是一座旧砖房，那儿曾经是所学校……母亲看了后便回忆起来，然后嘴里一直不停讲着，虽然以前我试图记录一些她的回忆，可她却不让："听我讲就好，没什么好记的。"然而现在不同了，到了该离开的时候，还会留下什么呢？难道就让一切随她而去吗？子女、孙子和曾孙们继续着自己的人生，岁月无法逆转……我想，如今应该把她的话记录下来了，然而重新记录已不可能了，因为我们只是那样一直聊着，聊着……我们两个都知道，这些日子是最后的时光了。是的，我心里清楚，可我却无法相信。

2015 年 8 月 7 日的夜里，母亲离开了，享年八十四岁。一瞬间我觉得自己无依无靠，我在心中默默许下承诺，将会收集我记忆中的一切，记录下这样一个平凡而纯洁的生命，只有这样，自己才能从这孤独感中得到拯救。我还想讲讲她的母亲，也就是我的外祖母娜斯佳，是她抚养我长大的……我想讲述所有这些坚强、美丽的农村女性，她们肩上背负着难以想象的重担，但更久远一些的故事，已随着时间被遗忘了……

我母亲的母亲，也就是阿纳斯塔西娅[1]，于 1893 年出生在乌里扬诺夫斯克州科尔松区的瓦尔迪瓦茨基村，是叶夫多

1 阿纳斯塔西娅为上文中娜斯佳的全名。——译者注

基姆·斯莱普涅夫这个大家庭中的一个孩子。村里有过学校，孩子们也上过学，但娜斯佳还是不识字。在她很小的时候，有一天她的祖父醉醺醺地回家，大喊大叫地把她吓到了，小家伙忍不住哭了很久。她一直很害怕，之后便无法集中注意力学习了。后来，家里人把十岁的娜斯佳送去外面洗衣服、打扫卫生、照看孩子。当时有这种所谓的教育方式：既然女孩不识字，那就让她学会所有的家务活。再之后娜斯佳被送去做女工，她学得很快，什么事儿都难不倒她。但她总是很严肃，这样的性格跟了她一辈子。这是因为在她童年时，大家会因为很小的事情责骂她，后来她对自己的孩子也同样很严格，总是吝于夸奖。

在二十六岁时，她嫁给了亚历山大·丹尼洛维奇·尼科诺罗夫，这对于一个农村女孩来说已经算很晚了。丈夫比她小七岁，是邻村乌斯季－乌连村的。夫家是个和睦勤劳的大家庭，家境虽不殷实，但日子过得还算富足。这家的儿子们娶妻后，全家人还是在一个大木房里住了很久。最难办的是儿媳妇们经常吵架，于是父亲丹尼尔开始给儿子们盖房子，房子盖好之后，亚历山大和阿纳斯塔西娅便住了进去。

1920年，阿纳斯塔西娅和亚历山大的大儿子彼得出生了，四年后，二儿子斯捷潘呱呱坠地。1931年，他们又生了一个女儿——安东尼娜，也就是我的母亲。女儿出生后，阿纳斯塔西娅和亚历山大又住回了父母的房子。我母亲最初的回忆都与她的祖父丹尼尔有关：阿纳斯塔西娅·叶夫多基莫夫娜会在澡堂里给小托尼亚[1]洗好澡，再用雪橇把她带回家，到家后，她年迈的祖父丹尼尔会用手托住她的下巴，高兴地给她梳头。可是小托尼亚不喜欢这样，她总是想挣脱开跑掉，祖父很喜欢这样逗弄这个刚洗完澡、脸蛋红扑扑的小家伙。不知为什么，在母亲晚年和临去世前，她总是反复回想起这段儿时的记忆。

集体化运动开始后，阿纳斯塔西娅·叶夫多基莫夫娜断然拒绝去集体农庄，也不愿把牲畜交上去，因为她看到很多像她一样的人，饥肠辘辘地叫喊着，被驱赶到了集体农庄。这个年轻主妇的想法可以理解，她从小就开始做女工，然后嫁到了丈夫家，现在他们刚刚勉强能独立自主，又要把一切都上交……亚历山大在国营农场里当起了运水工，因为没有把牲口在集体农庄里放养，所以他们分到的土地是最远、最贫瘠的。国营农场不像集体农庄那样是用农户自己的资金建立起来的，国营农场属于国有企业。国营农场的工人是雇佣工，他们领取固定的工资，而在集体农场，直到20世纪60年代中期人们都是按照劳动日来计算工资的。

阿纳斯塔西娅·叶夫多基莫夫娜是个漂亮的家庭主妇，她很爱干净，家里的地板总是亮闪闪的，窗户上开着一朵又

1　托尼亚是安东尼娜的昵称。——译者注

大又美丽的花。后来，我母亲搬到城里，窗台和墙上也总是种着花草——天竺葵、蕨草、芦荟……亚历山大·丹尼洛维奇是个勤劳、善良又开朗的人，节日的时候喜欢喝点儿酒，哼一首跟自己职业有关的歌儿："为什么我是一个运水工？真是想不通！"他知道怎么用寥寥数语来教育孩子。有一次，托尼亚穿着新鞋在石头上欢快地跳着，亚历山大·丹尼洛维奇仅是对她说"小心鞋子""去旁边走""沿着路……"这几句话就足够了。他们过得并不富裕，很少置备新衣服，但他们很开心也很珍惜这些，哪怕只是一条裙子、一双鞋……新裙子往往只有快到复活节的时候才穿。母亲一辈子都保持着这个习惯，平日里一切从简，老派又朴素，而到节日时会准备一桌丰盛的饭菜，添置一些新东西……东正教教徒会庆祝圣诞节、复活节和报喜节，村庄里的教堂被拆毁了，村民们便偷偷地到废墟前祷告。后来，到了我们这一代，废墟被清理干净，为了纪念在战争中牺牲的同乡，建了一座纪念碑。我希望在这座方尖碑上也有我们的外祖父亚历山大·丹尼洛维奇·尼科诺罗夫的名字。

父母整天都在工作，所有家务活都留给了孩子们，托尼亚很早就开始做家务了。在集体化运动中，村里首先没收了最富裕、最能干的农民的土地，然后把他们赶了出去，这之后其他所有的农舍也被翻了个遍。富农和土豪在乌斯季－乌连村消失了，还是在革命时期，商人库兹涅佐夫的房子和呢绒厂先后被洗劫并摧毁了。在农村只要肯干活怎么都会有收入，倘若主人生了病或是养家糊口的人不在了，家里才会揭不开锅……而这些贫农其实就是懒惰又散漫的人，他们整天挨家挨户地转悠，征用和没收村民的东西，有城里来的特派员指导他们的行动。人们把自家的东西和食物藏起来，以防被贫农委员会的人收走，但无论如何还是会被发现并拿走。有一段时间，尼科诺罗夫的家里已经没什么东西可拿了，就剩下一桶酸白菜和一双几乎全新的儿童皮鞋。城里的特派员收走了皮鞋，又吩咐帮手们把酸白菜带走。“为什么要拿走酸白菜？”大家很惊讶，“要把它用在什么地方？”“适合做种子！拿走！”这位长官下了命令。

在尼科诺罗夫家住的那片排舍房（农村街道上一排木头房的统称）有几个和托尼亚年龄相仿的女孩，她们都比托尼亚大一岁。托尼亚就跟在她们后面一起玩耍，做同样的家庭作业，互相攀比谁写得更快更好。女孩们需要准备过冬用的干粪块，她们把牛粪揉开，放到太阳底下晒干，然后切成砖块状，堆放到棚子里去，到了冬天就用这些干粪块生炉子。要是女孩们玩得忘了时间，干粪块被雨水淋湿了，哎呀，那她们一定会被大人们责骂的！她们还得把屋子收拾好，地板打扫干净，挑井水喂牛……不过，孩子们玩的时间多的是，她们在家里玩，用牛蒡叶做娃娃，捏泥人……她们在库兹涅佐夫家的废宅旁找了些碎瓷片，若是碰巧上面有印花，那简直要幸福死了！

1937年，小伙伴们都去上学了，托尼亚也跟着一起去了，即使她只有六岁。学习很轻松，她也很喜欢上学。但是四年级之后，老师让所有人把课本交回去，好让低年级的同学用，这之后大家就能拿到五年级的课本。母亲早就提醒过托尼亚，但托尼亚还是相信了老师，把课本交给了老师。然而她一直没拿到五年级的课本，她去找老师，老师要么躲着她，要么就问她："有什么事儿吗，孩子？"并说自己手里什么书都没有。那时候，战争已经开始了，尼科诺罗夫家的男人们都去了前线，没人能为她出头，而母亲自己也没什么文化，她觉得女儿受的教育足够了，"不是每个人都识字的"，她对来家访的老师也是这样说的。她现在不得不做两份工，于是所有的家务活都落到了十岁的托尼亚身上。

1941年6月底，父亲应征入伍，这之后大哥彼得被派往远东，而二哥斯捷潘又在1942年初作为狙击兵上了战场。当大家聚集在学校门口送别即将上前线的男人们时，托尼亚就站在那儿，等着父亲抱抱她，可是他在跟母亲和同乡们讲话，似乎忘记了她。对父亲来说，也许最难的就是跟小女儿告别。托尼亚大声痛哭，同乡们小声嘀咕道："哎呀，小孩子哭闹可不是什么好预兆！"父亲拥抱了她，跟她说了再见，然后就被卡车拉走了。后来有人告诉阿纳斯塔西娅·叶夫多基莫夫娜，亚历山大·丹尼洛维奇乘坐的开往前线的车队会经过一个离村子很远的站台，于是她又跑到那儿去和丈夫再次道别。不知道他们是否见到了面，车队一直在行进，透过一闪而过的车窗和车门辨别出丈夫的脸,那应该是个奇迹吧，但她却希望有奇迹发生……直到那年的11月份才传来消息，亚历山大·丹尼洛维奇于1941年10月在南方前线失踪了。

从战场上回来的邻居米哈伊尔告诉她：在一场战斗中，所有人都在顿河岸上坚守防御，敌人的火力十分密集，我方抵挡不住敌军的猛攻，便向河对岸撤去。亚历山大·丹尼洛维奇用机枪对着前进的德军射击，米哈伊尔对他喊道：“快跑，所有人赶紧跑！”亚历山大·丹尼洛维奇回答说，没有收到撤退的命令，说完他又继续开枪。“唉，你知道的，阿纳斯塔西娅，你了解他是什么样的人……”米哈伊尔补充道。在那些可怕的日子里，顿河流的不是水，而是鲜血，无穷无尽的尸体被卷进波涛中，无数的人在岸边阵亡，还有很多人淹死在水里。战斗结束后，米哈伊尔仔细搜寻了沿岸的丛林，想找到亚历山大·丹尼洛维奇，但是没能成功。也许，他被子弹击中，又或许他在过河的时候淹死了。到了11月份，这一地区才有了几次胜利，次年3月，所有幸存的英雄都受到了嘉奖。我把外祖父的故事讲给了我的朋友——著名的俄罗斯诗人安德烈·拉斯托尔古耶夫听，过了一段时间，他寄给我这样一首诗：

固执的人

纪念亚历山大·丹尼洛维奇·尼科诺罗夫——
乌拉尔诗人尼娜·亚戈丁采娃的外祖父

他经受了一个又一个苦难，
在草场和田地风吹日晒。
集体农庄开始的时候，
男人们离开了，而他留下了……
指挥官说：不要撤退
于是他始终战斗不息。

人们决定暂且保命，
男人们离开了，而他留下了……
其实，或许所有人都能活下来，
都能在垂暮之年倚窗而坐。
可他就是这么一个固执的人——
这个不折不扣的个体农民。

亚历山大·丹尼洛维奇的儿子们一直战斗到战争胜利。彼得的女儿伊娃出生于战争爆发的几天后，彼得离开妻子和刚出生的女儿，去了远东服役，他在那里修理汽车，从战场归来的时候，他的内心伤痕累累。斯捷潘也活着回来了，他曾是战场上的狙击手，关于战争，他什么也没对我们讲。他很少回忆这些，母亲也只给我讲过一件事：在他走向自己的狙击哨所时，突然在战壕里碰到了一个德国人，那个人跪下哭了起来，然后拿出他的妻子和三个孩子的照片，乞求不要杀他，他说自己从没向俄国人开过枪，并保证以后也不会……斯捷潘放他走了，不过直到1980年，他才说出这件事，因为在战争时期，他也许会因这样的仁慈而被枪毙。他被授予了"战斗勋章"，嘉奖证书上写着"在战斗中共歼灭1名德军观察员和7名士兵，参与最前线进攻时表现英勇"。

战争期间，村里的日子过得非常艰难，阿纳斯塔西娅一天要做两份工。农户们要缴纳繁重的赋税：如果家里有母牛——牛奶必须上交，有绵羊——交羊皮和羊肉，有母鸡——交鸡蛋和鸡肉……男人们都上前线了，只留下了最年幼的孩子们。家里依然用干粪块生炉子，冬天，托尼亚会捡些树枝烧火，也会带着雪橇和斧头，和隔壁的姑娘们偷偷去山沟的斜坡上捡柳树枝。雪很深，天气非常冷，如果被护林员看到就麻烦了，斧子会被夺走，雪橇会被劈碎，最后不得不让母亲来拿回斧头。托尼亚一听到巡逻员的声音，便会躲进雪堆，她听到自己的心脏扑通扑通地跳……从那时起，她的心脏就不好了，心律不齐的毛病折磨了她一辈子。

村民们凭卡片领取一些又黑又硬的油渣面包。托尼亚在把面包拿回家的路上，忍着不去碰手里的半块面包，可没等拿到家，她还是啃了几口。这样是不对的，可阿纳斯塔西娅·叶夫多基莫夫娜只揪了一小块面包，她说："我不想吃，你自己吃吧，我上班的时候吃过了。"然后她只能硬扛着干活……这之后，在战争快结束时，大家开始带姑娘们去林子里，男人们负责砍树，姑娘们就砍树枝。冬天，他们住在林中的窑洞里，坐拉木头的马车返回，姑娘们从那儿回来时都冻僵了。事后母亲感到惊讶，她们是怎么活下来的，她们有可能会冻死，或者掉下车摔死……

1946年，十四岁的托尼亚去了酒厂工作。一开始，她需要把谷物倒入粉碎机，有工人在那儿负责粉碎，然后蒸馏酒精。托尼亚做得又快又好，从工人们当中脱颖而出。以前两个人做着都困难的工作，她一个人就能做完。后来有个女孩被派给她当助手，当女孩学成之后，托尼亚就被安排去做了清洁工，她需要下到装着残渣的大啤酒桶底进行清洗。

胜利日那天，大家纷纷涌向街头，有人唱着歌，有人号啕大哭……有个女人哭得很厉害，因为她前一天收到了家人的阵亡通知书。从战场回来的彼得和斯捷潘看到房子因战争倒塌了，他们没有修房子的想法，因为没钱。在啤酒厂工作的村民们很快就成了酒鬼，战争耗去了整个村子的活力，复员的军人们一个接一个地去了城里。于是大家决定去马格尼托哥尔斯克[1]生活，那里有大工厂，新兴的城市正需要劳动力……彼得和斯捷潘是最先离开的，20世纪50年代初期，他们又把托尼亚和阿纳斯塔西娅·叶夫多基莫夫娜接了过去。

阿纳斯塔西娅·叶夫多基莫夫娜在城市里住了一段时间，然后提出要回家。他们给她在瓦尔迪瓦茨基[2]买了个小房子，因为她所有的亲戚都住在那里。她回了家，可一个上了年纪的农村妇女，很多事情已经力不从心了，更何况孩子们离得又远。她又提出要回去，彼得就去接她。他们收拾好东西，去了车站，可半路上遭遇了暴风雪，他们被风雪困住了。于是他们只拿了必需品，包括证件、几张照片和现金，扔下了雪橇步行去找车站。感谢上帝，他们最终得救了！

在我的印象中，外祖母娜斯佳瘦瘦的，有些驼背，常年穿着一件男士上衣和一条拖地长裙。她会去左岸的教堂，严格遵守教会的斋戒和节日，偶尔也会带我一起去。我记得在马格尼托哥尔斯克河左岸的教堂里挤满了人（很久之后的1985年夏天，我和母亲一起在那儿给我的女儿阿纳斯塔西娅施洗，后来在1991年夏天，又为我的儿子丹尼尔进行了洗礼）。当时我可能还不到七岁，所以外祖母带我去圣餐仪式时并没有让我做忏悔。有人用勺子将教会的冷酒倒入我嘴里，然后将我的嘴唇擦净，又给了我一块小圆饼（外祖母说

1　位于车里雅宾斯克州的一个城市。——译者注

2　位于乌里扬诺夫斯克州卡尔松地区的一个村镇。——译者注

那叫圣饼）。当我和外祖母从教堂出来的时候，我的手里被塞满了糖果，每个老奶奶都想给小孩子点什么。那里男人很少，基本上都是老妇人和孩子。

阿纳斯塔西娅·叶夫多基莫夫娜非常想家，想念村庄，所以她经常去教堂，这给了她些许的慰藉。她住在卡尔·马克思大街和日丹诺夫大街交汇的一栋公共住宅四楼的小房间里。她的邻居彼得是个酒鬼，经常寻衅闹事，她用“好斗的公鸡”来称呼他，并数落他的恶行：“瞧瞧这只公鸡！”外祖母甚至不去公共厨房，也不让我们去那儿。邻居彼得和妻儿住在一起，他喝醉的时候便会折腾家人，外祖母有个不怎么结实的餐柜，就放在门外走廊，有好几次都被他打破了。外祖母总是一边用钥匙锁上房间里的旧衣柜，一边数落着：“他就是只公鸡……”她家里圣像前的上座那儿总是点着一盏小油灯，窗外是寂静的院子，房间里摆着一个小电炉，家里充满洋葱、植物油炖土豆的香气——这是道传统的农家菜……我是被外祖母娜斯佳抚养长大的，妈妈只照顾我到三个月大，然后就把我留下，伤心又不舍地工作去了。

在妻子的坚持下，彼得带着家人回到家乡，定居在日古廖夫斯克[1]。他好像是和几个刑事犯发生了什么冲突，进而受到了威胁，这才回的家乡。但是亲戚们都觉得是他的妻子

---

1 位于萨马拉州的一个城市。——译者注

娜杰日达为了回乌斯季－乌连，暗地里写了恐吓信，又私下找了几个人作势。20 世纪 60 年代中期，彼得去世了，阿纳斯塔西娅·叶夫多基莫夫娜被告知彼得病得很重，得去看看他，直到她到了地方才得知真相。她为儿子哭个不停，直到有一天，她听到四楼窗下传来儿子回应的哭声……

安东尼娜和斯捷潘跟着阿纳斯塔西娅·叶夫多基莫夫娜住在马格尼托哥尔斯克，只上过四年学的安东尼娜很难找到工作谋生，于是她决定自学，1952 年，她学会了烹饪，去了家食堂工作,那之后我们家的节日宴席上总是摆满了她的“招牌菜”——泡菜、肉排和馅饼。即便是在这样一个不富裕的工人家庭，她也能变着法儿地做出腌菜、蜜饯、糖煮水果这样的美味，客人们都很喜欢聚在我们家过节。

1957 年，安东尼娜嫁给了亚历山大·伊万诺维奇·亚戈丁采夫，后来她告诉我，她知道一种在圣诞节占卜的方法，即用火柴棍摆成一个“井”字，心里默念：“命中注定的心上人啊，来喝点水吧！”然后她就做了个梦，梦里有三个人从她身边走过，第四个人则转身走向了水井。当母亲在现实中看到这个人时，便立刻把他认了出来。后来，他们在一起生活了五十一年……

当他们的第一个孩子尤拉出生时，食堂的工作忙了起来，安东尼娜一出去就是一天一夜，她不得不把小孩子交给婆婆照顾。1960 年，安东尼娜去了缝纫厂工作，在那儿她学会了缝纫，并且承包了全家人的衣服，后来她甚至接过一些成衣订单。我总是穿母亲设计的连衣裙，她能用普通的花边布或其他简单的装饰材料，让人眼前一亮。她本人也从来没有在商店里买过裙子，裙子全都是她自己设计和缝制的，朋友们都很羡慕她。

尼科诺罗夫一家住在大城市里，却还是按照农村的方式生活，他们互相串门，在别人家挖土豆和砍白菜的时候去“搭把手”。我还记得城里公寓中农民式的宴会，大家吃完丰盛的节日餐后，会一起唱俄罗斯民歌，什么《红莓花儿开》《鲜红的红莓花》《谁人下山来》《万家灯火》……歌儿唱得又整齐又好听。没人喝得烂醉，也没人打破餐桌上的和谐，他们愉快地唱着，发自内心的高兴，正如他们这辈子劳作时那样……

1977年，安东尼娜从工厂辞职。这些年里，缝纫工们经常被迫在周六加班，必须超额完成月度计划，而车间的领导们却给自己的亲戚朋友们做衣服……有一次，在女工会议上，大家提出了要正常休息，母亲也发了言，她说因为这些额外的工作，她们连自己的孩子都见不到。会议结束后不久，她意识到这份工作保不住了，她被安排去干最复杂、收入最低的活儿。她从来没后悔过离开工厂。

父母在白山[1]买了一个花园，母亲变成了优秀的园艺家，她在花园摆弄了好多年植物，直到她生命最后几个月。这对她来说既是劳动，也是陶冶心灵。在她年迈的时候，有一天她告诉我，她梦见了花园，那花园非同一般，花园好像还是原本的模样，又好像有什么不一样：天空更为深邃，植物更加艳丽，还有小路、花儿……“那是天堂的花园。”当时她是这么说的。

直到长大后，我才体会到母亲在教导我们时那朴素的智慧，她没有受过教育，这是她一辈子的遗憾，也许，她有一小部分的天赋没能发挥出来呢，但她用自己的生活经验教会了我们很多。我们谈过很多，也聊过其他人的命运，生活是她最重要的教科书，当中有最直观的例子，可以说明人们行为的前因后果。看书、下象棋、骑自行车、滑雪和溜冰——这些不只属于我们小孩子，也是全家人共同的娱乐活动，除此之外，我们还到森林里采蘑菇和浆果，去花园干活……

后来，孙子们出生了，那已经是另一个时代了，但母亲越是上了年纪，越是坚持用农民的方式对待生活和他人，就好像年迈体衰的她，靠着祖上世代流传下来的智慧，在自己的身上重新找到了力量和真理。20 世纪 90 年代，社会动荡不安，人们习以为常的生活都被打乱了。然而我们家没有任

1　位于雅库特地区东北部的小城。——译者注

何变化——在那个是非扭曲的时代，邪恶的诱惑在母亲纯洁、朴素的本质面前一败涂地。当她没法再帮忙做事时，她便为所有在世和离去的亲人祈祷，用心地维护着家人的名誉。

冬天时母亲感觉自己看不清东西，也没有力气了，她急着给我们织袜子和手套，这样即便她不在了，我们也不会着凉。她为自己选了地方——在河左岸跟自己的母亲葬在一起。“就在我妈妈的旁边”，在她轻松的话语和笑容背后，能感受到一个孩子对母亲深深的思念……在最后那个春天，当我们全家人——包括孙子孙女们都在积极讨论花园里该种些什么，寻找去年秋天留下的种子的时候，母亲莫名地发了火，她特别生气，好像感觉到自己就要离开，再也不能照顾心爱的花园了。我们跟她一起栽种了西红柿秧苗，就再没种别的了。一个月后，我把她从医院带出来，坐出租车直接去了花园（她以前从来不坐出租车，总是坐郊区大巴）。她走到苹果树下，站在那里沉默了许久。我们回来后，她有些不一样了，可我们当时没意识到这就是告别。

在母亲去世后一年的忌日，我和哥哥来到河左岸，在母亲的墓碑上，也就是她心脏的位置上方，生出了一枝高大的千叶蓍。它在风中静静摇曳——蓬松的粉红色花朵，枝丫间有数不清的叶片，散发出微苦的香气……对子女付出千般心血，万番牵挂，经历无数个不眠之夜——这千叶蓍就是朴实、幸福而纯洁的农民一生的写照。

孤独感与年龄无关，我切身体会到孤独的伤口是无法愈合的，这痛苦不可言说，也不会消逝，它只会随着时间的推移淡化些许，但是依然可以像风暴一样卷土重来。我能做的只有隐忍和祷告：“主啊，在你光明的世界里，让爱和无限的感恩与她同在！”

还能休息半小时

Полчаса, чтоб отдохнуть

奥莉加·阿尼金娜 著
王宁 周婧 译

奥莉加·阿尼金娜

Ольга Аникина

奥莉加·阿尼金娜，1976年11月出生于俄罗斯新西伯利亚，毕业于新西伯利亚国立医科大学和高尔基文学研究所。诗人、散文作家、翻译，俄罗斯作家协会会员。代表作有诗歌《报春花》《独奏》、长篇小说《不知何处来的尸体》、短篇小说《从头到尾》等。在《西伯利亚之光》《阅读者》《伏尔加》《民族友谊》和《莫斯科》等多家杂志上发表过作品，曾荣获“年度诗人”称号。曾代表俄罗斯参加在布宜诺斯艾利斯和魁北克举行的国际诗歌节，作品曾被翻译成英语、法语、西班牙语、韩语、保加利亚语、希伯来语和波斯语。

一只耷拉着大耳朵的长毛狗像敏捷的小赛加羚羊一样，在林中的空地上蹦蹦跳跳地跑着，它红褐色的大耳朵会碰到金丝桃和牛至高高的茎端，一会儿扬起来，一会儿又落下去，扬起来的时候就像竖着的兔耳朵，落下去的时候耳朵会啪啪地拍打着眼睛。很明显，狗狗如此“卖力”地表演，是为了逗自己的女主人们开心。它的每次起跳都伴随着响亮的犬吠，好像是在大喊：“主人快看啊，我会要杂技！快看啊！多有趣的表演！”

长毛狗的主人是两个女人，一个看起来年龄大些，另一个比第一个年轻。女主人们正要穿过这片小树林，去邻近公社的商店，商店按习惯被称为“合作社”。从这里到大型超市走公路的话有五公里的路程，所以在别墅避暑的、无法去大型超市购物的人都会选择去合作社。合作社里的商品不多，都是一些生活必需品，如面包、牛奶、冷冻的鸡胸肉、啤酒、饼干和其他一些小商品。

合作社的辖区平日禁止散养狗，所以这只三岁的、名叫查利塔的塞特种小猎狗今天被女主人们带了出来，想让它能自由自在地在小树林里跑上一会儿。狗虽然是年长的女人养的，却不和她住在一起，狗和年轻的主人住在别墅里，不管怎么说，别墅区空气更新鲜，也更宽敞些。

年轻的主人虽然看起来很疲惫，却掩盖不了她正处于青春华年的事实，她的一举一动都透露着从容和自信，尤其是在朴实慷慨的大自然通过女人的美来尽显自己魅力的时候，她就更感到从容和自信。

年长的主人大概有五十多岁，嘴唇厚实，嘴角下垂，眼睛微微眯着。

穿过小树林到商店慢走大约要四十分钟。天气很好，雨季结束了，八月向来避暑的人们“承诺”，会弥补过去三个星期缺失的阳光和温暖。老实说，八月并没有承诺什么，所有承诺都是天气预报员做的。

年轻的女人手里拿着一个颜色鲜艳的塑料袋，里面已经装了四分之一的果实，现在正是蘑菇和浆果成熟的时节。两个女人沿着小路走着，时不时地去采长在路边的蘑菇，她俩并不想往远处走，因为穿过小树林进入枞树林后，人特别容易流连忘返，度假的人经常会在那里待到晚上，把所有的家务都暂时抛到脑后。

长毛狗已经不在草丛里蹦蹦跳跳了，它仔细听着什么，然后一头钻进了枞树林中，红褐色的毛让人很难看到狗在林中的位置。

年轻的女人想唤它回来，可它早已跑得不知所踪。

“这狗真不听话。”

“没事，跑累了它就会回来。”

“不会跑丢吗？”年轻的女人有些不安，“前几天它偷偷地溜出去，沿着别墅讨食，邻居们都来投诉了。”

“你得看住它。”

“我还要看小彼佳呢，他都把泥抓到嘴里两次了，可你居然还要我看着狗……”

“你整天都忙什么？”年长的女人不满地说道，“看天空发呆吗？”

这时，她忽然看见了路边的蘑菇，于是就俯身用刀把蘑菇挖了出来。她把蘑菇撕成了两半，然后扔在了路上，嘴里说着：“生蛆了。”

“我很累……”年轻的女人，也就是女儿，叹了一口气说道，“现在的人都爱说‘累成了狗’，可是在我们家里，狗恰恰是能休息得最好的那个。”

“你想说什么？”年长的女人，也就是母亲，耸了耸肩，接着说道，“你觉得当年我带你的时候很轻松吗？那时候根本就没人帮我。”

女儿沉默了。

“上周我还让你们进城去散心了，”母亲说道，“你们去做客了。”

女儿闷闷不乐地点点头。

“呵呵，”她喃喃自语道，“我好像有很久都没见到过那些客人了。”

“是你说想出去见见人的。”

“不是我想，是巴沙想。”

“好，既然不是你想出去的，那下次你还是自己看孩子吧。”

她们沉默地走了两百米左右，突然从树林里传来了持续且响亮的狗叫声。

年长的女人吹了声口哨，但狗依然叫着。

“大概又发现刺猬了，它可真是个小猎手啊。”

母女俩从路上拐进枞树林中，她们穿着凉鞋，地上干枯的针叶刺痛了裸露在外面的脚趾。

穿过一方寂静的水洼，经过破旧腐烂的垃圾堆，她们爬上了一个小山坡。路上有粗壮的树根从沙土中伸出来。林中的空气里饱含水分，还能感到昨日那场雨的气息。

狗狂叫着，前爪用力地撑着地，四周的松针、草叶、细小的树枝和泥土都被它扑腾得飞扬起来。

狗用一只爪子按着一只银灰色的、带刺的“小球儿”，这只“小球儿”似乎在轻微地抽搐着。刺猬扑哧扑哧地喘着气，听起来好像在吐痰一样。狗正向全世界炫耀着它的猎物，但很明显，它不知道接下来该怎么办。

年轻的女人抓住狗的项圈，把它拉到一边。狗向后挣着，咳嗽起来，并发出了惊恐的叫声。

母亲给狗系上了狗链，快走到小路时，狗平静了下来，但主人们并没有把狗链摘下来。

“笨手笨脚的，像只母象。”

“你应该好好驯驯这条狗。”母亲说道。

“你自己驯吧,我可没时间驯狗。”女儿不客气地回答道。

“有小孩的人都没时间。”母亲一点儿也不生气地说道。

“对不起，”女儿突然转变了态度，“我不该这样和你说话。事实上我过得挺好的。”

母亲看着女儿，紧紧地抿住了双唇。女儿微笑了一下，接着说道：“彼佳现在正处在人生最美好的阶段。”

母亲的嘴角变得更加僵硬了，她想笑，可是笑不出来。

“孩子是个神奇的东西,他每一个年龄段都是最好的。”年长的女人稍稍放慢了语速说道。

女儿突然转向母亲，好像是有话要说，但后来又改变了主意，默默地继续走着。母亲牵着狗，她按驯狗规范的要求，让狗走在自己的左侧。

路对面已经能看到商店的白漆墙了。

“停！”母亲命令狗停下并把狗链递给女儿，然后说道，“我一个人去就行，我要买牛奶、面包、糖，还有清单中的其他东西。”

女儿和狗一起站在商店门外，眼神呆滞地盯着人行道上的某个点，嘴角微微地颤动着。狗伸出爪子想去扑行人，但年轻的女主人拉紧狗链并喊道：“回来！”狗就又听话地坐在了她的脚旁。

大约十五分钟后，母亲提着一个鼓鼓囊囊的大购物袋走了出来。母女俩把东西分别放进背包里，然后开始往回走。

直到走进树林，狗链也没被解开。

“小彼佳头上绒毛的颜色已经开始变深了，”女儿若有所思地说道，“你看到了吗，而且他……闻起来有一股蜂蜜味。”

“所有孩子都这样。”母亲回答说。她一只手拉着狗链，另一只手拉着背包的带子，因为她的背开始疼了。

“才不是呢，”女儿充满幻想地说道，“只有我孩子身上的味道才像蜂蜜一样甜。”

她们又走了几步，女儿忽然抬起了头。

“我在想……我想再生一个小彼佳，”她说，“头上也长着毛茸茸的头发，身上也像蜂蜜一样甜甜的。”

母亲冷笑了一声。

“好啊，那你就生吧。”

“我会的！”女儿兴奋了起来，“我会送彼佳去上幼儿园，然后在家照顾第二个孩子。”

母亲吃惊得甚至停下了脚步，然后一字一顿地问道：“你？想在家？照顾第二个孩子？”

女儿点了一下头。

“也就是说，你准备放弃自己的专业，是这个意思吗？”母亲全神贯注地看着女儿，眼睛眯成了一条缝，左眼一侧的神经抽搐着，“我一个人把你养大，把所有的青春都投入对你的教育中，现在我又得到了什么？你写到一半的毕业论文和没完没了的产假？”

“妈妈！”

“什么妈妈？”母亲调整一下背包带，继续向前走去，“我已经当了二十二年的妈妈了，我不会再照顾你和你的孩子了！”

“我丈夫会养我的！”女儿说道，但声音却不像开始时那么坚定有力了，就好像是忽然泄了气似的。

母亲哼了一声。

“是的，我看到了他是如何养你的，”母亲说道，“他养你，可我却得给你们买吃的，还得把吃的给你们背回去！”

女儿被沉重的背包压得有些驼背，她摇摇晃晃地走着，倔强地用额头迎着八月闷热的空气。她的黑眼圈已经越来越深，越来越明显。或许是劳累，或许是热浪袭来，她感觉有点恶心。

母亲走在小路上，自信地把吐着舌头的长毛狗牵在左腿侧。母亲的背也被背包压弯了，汗水浸湿的脸庞闪着光。

“把你包里的东西给我点儿吧。”女儿对母亲说道。

但母亲并没有回应。

她们默默地盯着脚下的路，就这样回到了家里。

家里非常安静，那父子俩还在睡觉。母女俩小心翼翼地把购物袋放在木制门廊上，一句话也没说。

她们还能休息差不多半小时。

被施了魔法的蓝莓

Заговоренная голубика

尤利娅·林尼科娃 著
王宁 张赢 译

尤利娅·林尼科娃

Юлия Линникова

尤利娅·林尼科娃，1986年6月出生于车里雅宾斯克。南乌拉尔国立人文与教育大学硕士研究生（2017年）。青年评委团成员，“美的设计师”地区青年作家会议诗歌与散文组负责人。代表作有诗集《折纸艺术》（2014）、《火柴与萤火虫》（2018）。曾参加2004—2006年举办的“与世纪平等”普希金青年节、第七届“点睛之笔”俄罗斯高校文学论坛总决赛（莫斯科赛区）、第十届“索契－莫斯特2011”文学节，其作品曾入围2012年和2013年的南乌拉尔文学奖提名。

在高耸入云的山峰脚下有一座小村庄，那里住着一个石匠，他有一个小女儿名叫瓦西里萨，她实在是太美了。她在外面玩耍时，阳光会透过乌云来看她；她笑的时候，声音宛若风吹铃铛般清脆；她歌唱时，周围的一切都会安静下来，侧耳倾听。

有一天，父亲让她去山涧中取水，告诉她只能走那一条小路，不可以去其他地方，打完水后要立刻按原路返回。小姑娘边走边哼着歌，歌声像溪水一样沿着小路传向远方，穿过了灌木丛和树梢，一切事物仿佛都静止了，歌声最终陷入了轻飘飘的蜘蛛网中。鸟儿捕捉到了歌声的回音，带回巢穴占为己有。冷酷的特罗利[1]听见了女孩的歌声，非常喜欢，想要夺走它，把它做成护身符挂在脖子上，忧郁时他就可以听一听女孩的歌声来解闷。这样即使白天只能躲在黑暗的山洞里，特罗利也能让自己高兴起来。特罗利不敢从山洞里出来，因为阳光会立刻把他变成石头。特罗利在无足蜥蜴的耳旁悄悄地说了一句咒语，然后把无足蜥蜴送到了女孩身边。蜥蜴爬到了河边，在岸边的山坡上，蜷缩成一个球，躲进了

1 斯堪的纳维亚民间传说中的超自然生物，与石头相关的山神，通常与人为敌。——译者注。

蓝莓丛里，谁都无法分辨出它是不是蓝莓。小姑娘兴高采烈地沿着小路向前走，没有察觉到任何异样。突然，她看到了圆圆的蓝色浆果，上面还带着一层白色的霜。怎么能不过去尝一尝呢？为了能够到灌木丛，她爬得很高，摘了很多成熟多汁的蓝莓，手指都被蓝莓汁染成了蓝色，她忍不住尝了一颗。被太阳晒热的蓝莓在舌尖上裂开，甜美的味道中略带酸涩。女孩继续往前走，想要继续唱歌，却无法发出声音。不管她怎么用力，都发不出声音。就像大坝挡住了山溪的去路，她的喉咙也好像被一团东西塞住了。不用说唱歌了，她甚至连一个字都说不出来。她吓坏了，哭着跑回了家，只留下散落了一地的蓝色浆果。

石匠看到无声哭泣的女儿，立刻明白了：这一定是中了魔法。他带了一些食物朝着村子上方的高山走去，闪闪发光的冰层下隐藏着的便是顶峰——那里就是湍流和魔法的源头。他爬得越高，风就越猛烈，试图阻止他前进。岩石不断从他的脚边滑落，他也像蛇一样滑了下来，但他却不肯停歇。傍晚时分，高高的岩壁仿佛浸入了深蓝色的水粉画之中，突然，石匠听到了熟悉的歌声，于是朝着声音走去。很快，他来到了一个宽敞的山洞的入口。瓦西里萨的声音在冰冷的墙壁上回荡，想寻找出口，却怎么也找不到，就像一条潺潺的小溪被困在了深井的底部。这更坚定了男人的决心，他勇敢地走了进去。那个洞里住着特罗利。他侧着身子坐着，像在风中一样来回摆动。石匠小心翼翼地走近几步，看到特罗利的脖子上有一根细线，上面有一颗蓝色的、像蓝莓一样的珠子，他意识到那就是偷来的声音。特罗利轻轻地抚摸珠子，歌声就会响起。特罗利还时不时地把巨大的冰柱从山洞上折下来，像吃胡萝卜一样吃下去。

“为什么来这里，人类？”特罗利头也没回地问道。

“你难道不知道吗？你偷了我女儿的声音！”

“你，一个石匠，总是从我的山上偷石头，这又怎么解释？”

“我从来没有把这些石头占为己有。村民们会拿这些石头来盖房子。而你不问青红皂白就拿走自己看中的东西，藏在山洞里，不愿和任何人分享。”

“愚蠢的人类，我能和谁分享呢？”特罗利很生气，“和人类分享吗？你们像小虫子一样妄想战胜我。”

石匠并没有害怕，反而走上前去，坐在了特罗利旁边的岩石上。

“你想要什么都可以，”他平静地说道，“只要你能把声音还给瓦西里萨。她就像一只会唱歌的鸟，而你却让她失去了声音。”

“你说我想要什么都可以，是这样吗？你知道这意味着什么吗？我现在可以吃了你，可以像扔巨石一样把你扔下去，只要我高兴，可以永远把你留在这里，这样你就可以给我讲故事，让我度过这漫长的夏日。”

男人没有反驳，只是点了点头。

“我真是不明白你们这些人类，”特罗利继续说道，“你仔细想想，这只是个声音而已，它不值得你做出这样愚蠢的牺牲！到底是为了什么呢？你们人类就像蝴蝶一样，生命短暂，转瞬即逝。总有一天，你的女儿会死，她的声音也会随之消失。而我却可以把她的声音永远保留下来！”

石匠只是耸耸肩。他们并肩坐了很久，什么也没说。

“你说你与人们分享我的石头，”特罗利先打破了沉默，“但那也是我先与你分享石头，无论怎样，我都不介意这些。但你却指责我贪婪。”

“对不起。你太敏感了。”石匠说道。

又是长久的沉默。

“事实上，如果我愿意，我也可以和大家分享。”特罗利用一只大手轻抚着挂在粗粗的脖子上的那块易碎的小石头说道。

“怎么分享？”

“马上你就知道了，你自己说的，如果我把声音还给瓦西里萨，你愿意做任何事吧？”

“没错。你想要我做什么？”

“和我一起看日出。”

“那你不就变成石头了吗？”石匠很惊讶地问道。

“是的，你和我一起变成石头，人类。”特罗利答道。

“你不害怕吗？”石匠又问道。

“是你在害怕吧，我太老了，已经不再恐惧了。除了无聊和疲惫，我什么感觉都没有。我现在非常想体验一下吃惊是什么样的一种感觉。很久以前，我就想看日出，”特罗利声音低沉地说道，“但那时我的弟弟还很小，才不到一千岁。他自己怎么能看守这座山？他也不愿意一个人守着山。”

“那小瓦西里萨怎么办？谁能让她的声音恢复？”

“愚蠢……声音一旦被释放，就会自动回到它的主人身边。”

“那好吧。就这么定了。”

说完，石匠就和特罗利一起走出了山洞，他俩面朝东方，默默地等待着。

地平线上的天空变成了粉红色，夜变得透明，就像热茶里的冰块一样慢慢地融化着。特罗利用一只手抚摸着那颗温暖的蓝色珠子，另一只手放在了石匠的肩膀上。地平线上的光线越来越亮，最后伸展到极致，像拉满的弓一样，准备发射出第一缕阳光。

“哇！”特罗利被眼前的美景惊呆了，与此同时他也变成了石头。和他一起变成石头的还有石匠。但他们并没有变成普通的石头，而是变成了蓝色的碧玺石[1]。在他俩变成石头的同时，在大山的深处，似乎有什么东西在移动：蓝色的碧玺石像血管一样在山体中伸展开来。从那时起，人们就经常在山上发现碧玺矿。

瓦西里萨失声已经一年了，有一天，她在河边取水时，看到河底有一块圆圆的蓝色小石头，看起来像一颗蓝莓。她把它捡起来，紧握在手中，突然感觉堵在喉咙里的东西好像消失了，被禁锢的歌声也重获自由，只是歌声不再轻松愉快，取而代之的是悲伤的旋律，歌声也不再甜美，更多的是苦涩。

多年后，人们称碧玺为音乐家、诗人和歌手的石头，因为他们每个人的灵魂中都有一段渴望被听到的神秘旋律，碧玺石能帮助它找到出路。

---

1 电气石的工艺品名，电气石族里达到珠宝级的一个种类，是一种硼硅酸盐结晶体，含有铝、铁、镁、钠、锂、钾等化学元素，呈现出各种颜色。——译者注

小娜佳和吉娜

Наденька и Зина

塔季扬娜·帕卢斯尼科娃 著

王宁 张赢 译

塔季扬娜·帕卢斯尼科娃

Татьяна Парусникова

塔季扬娜·帕卢斯尼科娃，诗人、散文家、政论家，俄罗斯作家协会雅尔塔分会秘书长，自1993年起开始创作儿童诗歌和散文，目前已出版6部诗集。曾在“吟游诗人的码头”国际诗歌节上获奖。

军人用品商店新来了一位叫吉娜的女售货员。她衣着光鲜，穿着极具“战斗色彩”的迷彩服。吉娜立刻就吸引了所有人的注意。在被部队领导找去谈话之后，吉娜不得不换下了这身鲜亮的衣服，穿上了深蓝色的大褂，妆容也淡了许多，但这反而让她看起来更可爱了。吉娜个子不高，浅黄色的头发，脸蛋儿胖乎乎的，眼睛大大的，脸上总是带着笑容。她性格很活泼，非常惹人喜爱。很快，大家就都知道了吉娜是一位单亲妈妈，她有个小女儿，名字叫娜佳。小娜佳走路有点儿瘸，因为吉娜分娩时难产，导致婴儿髋关节脱位。

小娜佳快五岁的时候，该考虑上学的事儿了。吉娜决定等到女儿八岁的时候再上学，因为她觉得小娜佳身体太弱了，担心她的体力跟不上同龄的同学们。小娜佳上学前就已经自学完了一年级的全部课程，因此在通过包括我们老师在内的教师委员会的考查后，她被安排直接上二年级。就这样，我们班多了一个可爱又瘦小的女孩，同学们都非常愿意帮助她。

小娜佳住在部队营区后面的一座私人住宅里，她们家的小房子前有一排小栅栏，出了栅栏门就是公路。放学后我们都争着送小娜佳回家。父母不让我们送小娜佳回家，因为担心我们会被车撞到，可我们都不把父母的话当回事儿，坚持送了小娜佳一年左右，直到小娜佳做完矫正手术。之后，我们才不再送她回家了。

手术后，小娜佳拄了一段时间的拐杖，后来走路的姿势慢慢地正常了。四年级的时候，她就已经不再需要任何人的特殊照顾了，而且每当有人想要让着她或照顾她的时候，她就会生气。小娜佳是一个自尊心极强的小姑娘，因为这一点，孩子们感到很委屈，于是渐渐地都不跟她玩了。只有根纳·格拉西莫夫还像个小尾巴似的，小娜佳走到哪儿，他就跟到哪儿。

同学们经常在星期天的时候徒步郊游，但小娜佳从来不参加这种活动，因为她的妈妈吉娜担心长距离的步行会给小娜佳做过手术的腿造成太大负担。小娜佳读过很多书，是班上最博学的学生，对每个问题都有自己的答案和观点。正因为这个，小娜佳和我们的生物老师发生了争执，于是生物老师总是故意压低小娜佳的分数。

有一次，吉娜在女儿的生物老师玛丽娜·约瑟夫娜来购物时，想和她谈谈。但这位玛丽娜·约瑟夫娜除了生物老师和傲慢女人的身份之外，还有另一个身份——部队领导的妻子。也许，这就是她傲慢的原因。总之，那次谈话是失败的，知识分子玛丽娜·约瑟夫娜不露痕迹地欺负了售货员吉娜，她向自己的丈夫抱怨吉娜短斤少两、欺骗顾客。

不久以后，军人用品商店关门了，镇上又开了一家杂货店，吉娜在那儿找到了新工作。现在她终于可以随时穿上漂亮的白色蕾丝边围裙，戴上带蕾丝边的帽子，化着靓丽的妆容，对所有顾客微笑了。吉娜很庆幸自己现在的工作单位隶属于市商业局，她再也不归那位部队领导管了。

小娜佳经常坐在商店外的长椅上看书，天气不好时，她就在商店的库房里读书。吉娜特别宠孩子，不让她做任何事，更不用她帮忙。

“你的任务就是读书，努力学习，获得更高的教育。以后当一名医生，或者工程师，至少也得当一名教师，然后去教别人家的傻瓜。”

“妈妈，你怎么能这么说！那我不也成了别人家的傻瓜吗？难道你认为那个贬低我和同学们的坏蛋生物老师做得对？”

“哎呀，你别说这样的话，不是这样的，你可不是什么都不知道的傻瓜！你现在最重要的任务就是学习，只有这样才能考上大学，然后你就可以当一名生物老师了。”吉娜说着，双手叉腰哈哈大笑了起来。

有一次，小娜佳在商店的库房里读书，她看到了非常不愉快的一幕。一个叫露西卡的坏女人走进了商店，对着吉娜大吼大叫，说吉娜勾引了她老公。

“你这个贱货，招蜂引蝶地勾引男人！你的良心哪儿去了？你这个混蛋、畜生！我们会写信给商业局，把你从这儿赶走！”

“冷静点儿，露西卡，我才不会抢别人家的男人呢！你那老公除了你自己没人需要他，你冷静点儿！”吉娜回答道，她知道女儿在后面，“你要买什么就赶紧买，买完后从这儿滚出去，你要是敢威胁我，我就写信给车库主任，告诉他，你趁着值班的时候，和你老公莱什卡偷过好几次东西。看门人没看见，但我全都看见了，你们趁着夜里凉快，从车库里把东西偷出来，拖着偷的东西从我家旁边过去！你们选择晚上偷，是因为白天太热吗？”

露西卡立刻闭上了嘴，买了面包、牛奶、饼干，然后就走了，嘴里还嘟囔着什么。

“你看，这就是单身女人无缘无故被羞辱的原因。露西卡的丈夫再不好，她也有丈夫，所以没人敢无缘无故地欺负她。你听到了吗，娜佳？你可一定要结了婚再生孩子，而且还要紧紧地抓住你的男人。”

她这番话，与其说是说给小娜佳听的，不如说是说给她自己听的。女儿一句话也没说，因为她不知道该说些什么。小娜佳放下了手里的书，开始想心事：“上帝啊，你为什么这么不公平？我妈妈活得已经很难了，但这些烦心的破事还是像雪花一样不断地落在她身上。我应该安慰安慰妈妈，但怎么做才能安慰到她呢？”

重重的开门声打断了小娜佳的思绪，有顾客进来了，吉娜像往常一样一边和顾客们说笑着，一边卖着货，给客人们推荐着今天刚到的商品。

吉娜所在店铺的营业额比其同类店的都高。在给顾客结账时，吉娜总是很细心。她特别珍惜自己的这份工作，这一点商业局也很清楚。因此，在小娜佳上小学时，工会给她发了去参加少先队夏令营的活动券，每个节日前吉娜也都会得到奖金。一切似乎都很好，但她们的生活好像总是缺了点儿什么。小娜佳现在终于知道她们缺少的是什么了……

吃晚饭的时候，母女两人都没有说话，气氛有点儿尴尬。吉娜并不想向女儿证明自己是清白的，也不想解释，小娜佳也沉默着，因为她不知道该说什么。后来，小娜佳说起学校让她加入共青团，入团时要填一些表格，她有点儿害怕，所以就和老师说，入团的事儿她要考虑一下。

“这有什么考虑的呢？得入团啊，团员进入大学就容易多了，团员总是什么事儿都被优先考虑的。这可是我在多年的生活中悟到的经验啊！”

说完吉娜就哭了，哭得泣不成声，边哭还边说着，但说的是什么根本听不清楚，大概的意思就是责备有个人毁了她的一生。小娜佳并没有走过去安慰母亲，她悄悄地溜了出去，走到了通往小花园的门旁，坐在了长椅上，然后也痛哭起来。

为什么要哭呢？小娜佳自己也不知道。也许是为吉娜坎坷的命运而哭，也许是为她们母女两人过的这种支离破碎的生活而哭。现在小娜佳清楚地知道了，她绝对不会重蹈母亲的覆辙，她也明白了，只有拥有一个完整的家庭，她才能得到幸福，她得有妈妈也有爸爸。现在她知道该对吉娜说什么了。她从长椅上站起来，走进房间，来到餐桌旁，搂住妈妈颤抖的肩膀，用坚定的声音说道：

“妈妈，你结婚吧，无论嫁给谁，结婚吧，我已经长大了，什么都能理解，女人需要一个丈夫！”说完，小娜佳自己也哭了。

她们相拥而泣，长久积累的、单身母亲和单亲家庭孩子所承受的女性的悲伤终于宣泄而出。像她们母女这样可怜的人还有多少？像她们这样没有找到幸福的女人还有多少？像她们这样的女人以后还会有多少呢？

早晨，她们看着彼此的时候忽然有了一种全新的感觉，她们更亲近了，而且会变得越来越亲近。吉娜搂着小娜佳，亲吻着她，非常感激地看着她的眼睛，以至于无法用言语表达，女儿的眼中也充满了爱和忠诚。她再次悄悄地说道：

“妈妈，结婚吧。你身边有很多爱慕者。”

“但是居心叵测和冷嘲热讽的人更多。哪儿有能做丈夫的男人啊？没有，亲爱的，没有适合我的人，我可爱、善良的小姑娘！”吉娜痛苦地重复道。

已是春末夏初的时节，天气真正地暖和起来了，周围果园里粉红色的桃花已经落了，树上结出了圆滚滚、毛茸茸的嫩绿色的小果子，这些小果子很快就会长成真正的桃子，桃子会迅速地长大成熟。小娜佳回忆起了她和同学们爬进果园的情景，她们摘下还未成熟的桃子，咀嚼着散发着桃子香味的绿色果实，那时真的非常开心。有一次，看门人正好在果园里撞见她们，但他并没有责骂孩子们，而是说："再等一两个星期，等桃子成熟后再来摘吧，你们吃了没熟的桃子，可能会得痢疾。再过两周等桃子成熟了你们再过来，到时候我亲自摘下来给你们吃。"向看果园的老爷爷道了谢后，小娜佳和她的同学们感到很羞愧，因为他们是来偷桃子的，结果老爷爷不但没骂他们，反而还说等桃子成熟的时候，他会亲自摘桃子给他们吃。两周后桃子果然成熟了，男孩子们爬上了树，帮忙把桃子从树上摘下来放到篮子里，然后有人会从疗养院过来拿这些篮子。孩子们和看果园的老爷爷也成了朋友。

夏天，一群孩子在海边和树林里跑来跑去，而小娜佳却一直在读书。她没有什么真正的朋友，甚至根纳也不能算是她真正的朋友。每当吉娜提起根纳时，小娜佳就会说根纳是个没有个性的人。

每当根纳来找小娜佳时，吉娜就会说："你男朋友来了，去和他聊聊吧。"

而小娜佳则会回答说："什么男朋友啊，他就是我同学。"

有时晚上他们会一起去部队的电影院看电影。小娜佳生病时，根纳会把作业给她带到家来。根纳甚至也迷上了读书，有一次他问小娜佳："你在读什么书？有趣吗？能不能借我看看？"读完之后，他们还会讨论，他们的观点有时候是一致的，有时候是截然相反的，但这并没有使他们之间的关系渐行渐远，反而拉近了彼此之间的距离。他们之间的这种交流原本应该会催生出某种情愫，但它注定了不会发生。

小娜佳有时会按吉娜的要求在晚上去接她。有一天，天已经黑了，她走上台阶，来到商店对面的房子，看到了费迪卡·科瓦德拉特，他招呼小娜佳过来，悄悄在她耳边说：

"来吧，我给你看点东西。究竟是什么，你自己来看吧……"

小娜佳没有任何怀疑，就跟着他走了。他们转过房子的拐角，往下走到了锅炉房——那时她那颗少女的心还没有感到一丝一毫的恐惧。他们走了进去，他锁上门，脱下裤子，小娜佳被吓傻了……科瓦德拉特快速向她逼近，直到她被撞到沙发上。当她倒下时，他迅速拉下她的裤子，小娜佳还没反应过来，他就进入了她的身体。剧痛达到顶峰，她尖叫着，但他捂住了她的嘴，在她体内移动得越来越快，直到他气喘吁吁：一切都结束了……

"你看，女孩轻易就变成了女人，而且不是和别人，是和我。现在去告诉大家你是费迪卡的未婚妻，你会像你妈妈一样怀孕，然后生个孩子。现在我们将要玩爱情的游戏，娜佳！亲爱的，你不会对任何人说一个字的，对吧？用布把自己擦干净，去洗个澡，那里有水。你知道怎么清洗吧？看，几乎没有血,也许你根本就不是一个完整的人,是吧,娜佳？”

她还无法从刚发生的一切中清醒过来，而费迪卡则把衬衫塞进裤子，拉上拉链，走出了房间。

小娜佳停止了哭泣，平静地、抱着必死的心态说：

“现在我已经没法活下去了，我会给妈妈带来多大的痛苦啊……”

费迪卡的话在她的脑海中萦绕，这些话混乱地纠缠在一起：你怀孕了，我的新娘，我们将一起玩爱情的游戏，你将会生下一个孩子，就像你妈妈一样。

“亲爱的妈妈啊，老天为什么要这样对我啊，为什么？我该怎么活下去啊？现在我活着还有什么意义？为了某个人吗？为了取悦这头猪？不，这不值得我活下去，不值得！”娜佳哀怨地哭诉着。

娜佳环顾四周，看到一罐烧碱。她整理了一下衣服，离开了锅炉房。她没有去找吉娜，而是在海边徘徊。她始终觉得没有什么值得她再活下去了。她脱下衣服下了水，游离岸边，潜入水中，又突然像软木塞一样从水里跳出来。她立即游向岸边。海水使她清醒过来，把她从深海中拉了回来。她想起了妈妈，迅速从水里出来，穿好衣服跑回家。吉娜坐在餐桌旁，等着她，没有吃晚饭。她责备地看着她的宝贝说：

“等你好久了，我的女儿和根纳去哪儿玩了？甚至忘记了接妈妈。我的手一直放在桌前，等着你，即使我非常饿，非常想吃，但没有你我一口都吃不下。快来吃吧。”

小娜佳洗完手，坐了下来，但她吃不下饭。

“妈妈，我不饿，我坐下来陪你吧。”

小娜佳深情地望着妈妈，吉娜一边咀嚼，一边夸赞着香肠、炸土豆、黄瓜和鲱鱼。

“啊，味道正好，太好吃啦！小娜佳，亲爱的，吃一口吧，这是你最喜欢的酥脆土豆！再吃点腌黄瓜！”

小娜佳把每样东西都夹了一点放在盘子里，但她并没有注意到她是如何在妈妈的劝说下吃掉所有东西的。娜佳洗漱完就上床睡觉了。但她翻来覆去，始终无法入睡，令人厌恶的声音不断响起：“你看，女孩轻易就变成了女人。”那里很疼，但已经不像刚开始那么疼了。她一闭上眼睛就看到令人恶心的东西在她面前颤抖。不，她已经无法活下去了！娜佳直到天亮都没入睡，她像往常上学时一样起床，收拾好书包，但把它放在了花园长椅后的灌木丛里，然后离开那里，去了锅炉房。她知道那里有一罐烧碱。她需要烧碱。她拿起罐子，回到家里，把烧碱倒进杯子，喝了一大口，烧碱腐蚀着她的身体，她痛得什么也做不了，只是痛苦地尖叫着，在房间里乱窜。路过的值班奶奶菲拉蒂哈从门外看见了，赶忙打电话叫救护车。菲拉蒂哈打电话给自己的同事，让她告诉售货员吉娜，她的女儿出事了，已经叫了救护车，让她赶快回家。

小娜佳被送到了医院。他们无法立即确定她到底发生了什么事，她只是说：“救救我吧。”医生抢救了小娜佳三天三夜，但还是没能挽救她的生命。在过去的三天里，吉娜哭干了所有眼泪，只是喃喃地说：“为什么？上帝啊，这是为什么？我的女儿，现在我要为谁而活？”

整个城镇好像炸开了锅一样。小娜佳为什么要喝烧碱？吉娜无法解释烧碱是从哪里来的，她从没用过它们。医学鉴定显示，这个女孩被强暴了，这就是她这么做的原因。我们找到并询问了所有可能知道小娜佳和谁说过话的人。她的同学们很快都洗脱了嫌疑。根纳·格拉西莫夫和他的父母去了苏达克探亲。让人有些怀疑的是，警方并没有认真调查此事。他们说士兵可以进入房子，门从来没有锁过，小娜佳是独自一人，所以……

只有安妮特卡清楚地知道强奸犯的名字，但她什么也没说。科瓦德拉特消失得无影无踪。罪行仍然没被揭穿。

村民们用合适的方式为小娜佳送行，他们集资请了管乐队、办了追悼会，人们送来的鲜花和花圈一层又一层地堆满了整个山丘。许多同学是第一次参加葬礼，在葬礼上号啕大哭。小娜佳太可怜了，她躺在那里，穿着白色的裙子，那么温柔，那么年轻，就像睡着了一样。在过去的几天里，吉娜变得憔悴，脸色发黑，弯腰驼背，俨然变成了老太婆的模样。看到吉娜这般模样，所有人都哭了，大家都很同情她。吉娜没有回到商店上班，为了以后能去修道院，她先去教堂做了义工，这在当时是前所未闻的事儿。得知吉娜真的去了修道院后，她的房子里很快就有了新房客。

分类标签

Тэги

伊琳娜·茨哈伊 著

王宁 张赢 译

伊琳娜·茨哈伊

Ирина Цхай

伊琳娜·茨哈伊（本名伊琳娜·维克托罗夫娜·索洛金娜），1970年2月出生在巴尔瑙尔的一个知识分子家庭，毕业于阿尔泰国立大学。俄罗斯作家协会会员。代表作有儿童文学作品集《童话》（2007年）、《会唱歌的彩虹》（2009年、2011年）、《阳光课本》（2015年）、《小昆虫找妈妈》（2017年）、《采蘑菇的篮子》（2017年）、《魔术笔》（2020年）等。她创作的童话被列入阿尔泰边疆区中小学的课程大纲，多部作品被改编成舞台剧。除儿童文学外，其作品还包括散文、诗歌以及文学评论。

“我有分类标签吗？”

妈妈喝着茶，望向窗外，似乎是在回忆过去。她笑了笑，像在道歉似的，轻声答道：

“我不知道有没有……现在也问不到了。”

“那他活着的时候你为什么不问？我还和你一起去过爷爷家呢！”

妈妈不知所措地耸了耸肩：

“我根本没想过问这个。当时一切都还没得到印证……等到后来，朝鲜族人就不信这个了，连农村都没人信这个了。”

唉！怎么会变成这样……如果能知道命运给我贴了哪些标签，那该多好啊，特别是现在！不，我永远都不会告诉妈妈我抵押贷款的事。为什么要让她担心呢？心里这样想着，我嘴上却大声地说着：

“这可太遗憾了。爷爷预言的一切事情都实现了，对吧？”

妈妈一言不发，但事实显而易见。

彩虹连衣裙

达莎打了个结，然后剪断了红色的线。又拿起橙色的线，另起一行。她在织一条彩虹色的连衣裙。

小姑娘自己从书上学会了做手工编织。母亲没时间教女儿，而且她活泼的性格也不适合做手工活。母亲只是一个优秀、善良的挤奶工。现在的商店里有各种各样的毛线，只要有钱就可以买到。达莎最开始织的是娃娃，后来还织了装饰桌子和床头柜的餐巾，然后又开始织桌布，但是织了一半就放下了，因为她开始织裙子了，一条彩虹色的裙子。她想织一条非常特别的、谁都没见过的裙子！而且还要美美地穿着它在村子里散步！

达莎打心眼儿里认为自己不好看，所以她从来都不用任何化妆品，也不学任何化妆技巧。她梳着两条麻花辫，暗红色的头发又粗又硬，显然松散的卷发会更适合她。睫毛的颜色也太淡，如果能涂上一点儿睫毛膏就好了。她还习惯了缩着肩膀，如果能把肩膀舒展开，她应该算得上美女，可是她已经习惯了弯腰弓背，而且她也不会化妆。

达莎织完了橙色、黄色的线，然后是绿色、蓝色的线……

日子一天天地过去了。织好的彩虹从领口一直延伸到了肩部。天空是用金黄色的线织的，有耀眼的太阳和温柔的云朵，裙子下摆的图案是刚破壳的小鸡在一片翠绿的草地上啄食蒲公英。

……达莎系紧了裙子正面的最后一个线结，开心地笑了。她想换个发型。她把头发放下来，盯着镜子看了很久，最后果断地给自己剪了个刘海，长长的、颧骨略微凸起的脸立刻就变得圆润美丽起来，尖尖的下巴看起来也不那么突出了。达莎满意地笑了，她放下剪刀，开始织裙子的背面。她打算在裙子的背面织各种星星，她想织上彗星、行星，然后再织一个太阳。

连衣裙织得很快，因为基本针法是镂空的网格图案。一周后，女孩打了最后一个结，匆匆地换上了新衣服。她换下拖鞋，拿出参加舞会的鞋子，这双金黄色的鞋子十分轻盈，耀眼夺目……

母亲走了进来，拍手叫好道：

“我的女儿，你简直就是奇迹的创造者！”

达莎站在房间中央，裙子上的太阳微笑着，被彩虹和云朵包围。

母亲拿起一把梳子，梳理着女儿的头发，然后用一个粗大的卷发器将头发卷起来。她拿出化妆包，找到一支棕色的睫毛膏，尽管达莎很抵触，但还是给她涂上了睫毛膏。她走到一边看了看。

“我的小美女！你美得像个新娘子！”母亲赞叹道，“走吧，到外面去逛逛！”

母亲披上了节日的披肩，整理了一下头发，自豪地和女儿一起向中心商店走去。

达莎从未受到过这样的关注。时尚达人塔季扬娜对她羡慕不已，傲慢的克里斯蒂娜也恳求她为自己织上一条这样的裙子。男孩们也很欣赏她，向她投来炙热的目光。

晚上，在她睡着的时候，达莎轻声地对母亲说："我织的下一条裙子要送给你。等到了春天，你就可以拥有它！你知道吗，裙子上会有很多粉红色、蓝色和白色的花朵，翠绿色的叶子，它们之间还有细细的、苹果色的缎带……美极了！"

郊区的房子

莫伊拉将手上残留的黑面粉抖落到沸水中，加入盐并用木勺搅拌着汤。面片儿在浑浊的水中旋转着，水的边缘逐渐变得透明。在她看来，这口锅是有生命的，它此时正按照自己的规律在运转着……莫伊拉把一个切成了大块的洋葱扔进了肉汤里，又从锅里捞出一块猪皮，切成细条，放在碗里，撒上了些蒜末儿。

火几乎要熄灭了，余烬不时轻轻地噼啪作响。柴火用得刚刚好，不多也不少，这让莫伊拉很满意。她用长长的火钳翻动了一下炉膛里的灰，然后在围裙上擦了擦手，开始摆桌子。

她从小就记得这张桌子，当时她的父亲刚把它从仓库里拿出来。桌面上有焦油味和淡淡的烟草味。桌子下面还能刮出一些红色的碎屑。每个星期五，母亲都会用一把又宽又重的刀子刮桌子，然后再用粗砂纸打磨它。

……父亲去世后，差不多有半年的时间，母亲总爱在屋里走来走去，漫无目的地翻着旧衣服，从来都没关心过蜷缩在角落的孩子……终于，母亲在一天早上永远地离开了这个家，从那之后，十二岁的莫伊拉开始独自抚养弟弟和七岁的妹妹。

假如没有那头被莫伊拉视若珍宝的奶牛，孩子们肯定就饿死了。莫伊拉记得有一次，奶牛从牧场回来，连水都不喝，就躺在地上悲伤地看着孩子们……莫伊拉提起了粗麻布裙的裙摆，跪在地上祈祷了很久，冰冷的、满是裂口的手紧紧地贴在自己的胸前，上帝终于听到了她的祈祷，奶牛活了下来。莫伊拉一直不敢触摸奶牛的乳房，直到这头奶牛把头伸过来，用它温暖、粗糙的舌头舔了舔她的手掌。莫伊拉让弟弟和妹妹去割了些新鲜的草回来，过了不久他们终于喝到了一壶期待已久的牛奶……

这已经是很久很久之前的事儿了，连莫伊拉自己都感到惊讶，她怎么会突然想起自己的家人……

她把肉汤倒在两个大碗里，一个碗里加了一点油，另一个碗放在宽宽的矮板凳上。

“开饭啦！”

听到她的声音，一只很老的长毛狗跑进小屋，开始默默地舔起汤来，它把爪子搭在凳子上，摇着短短的尾巴。

红色靴子

男孩被吓坏了。他站在浅水滩上，河水冲走了他自制的小船。他的脚陷在了河底的黏土中，不断地下沉着。小家伙猛地一冲，人跳上了岸，但靴子却陷在了河里。男孩本来想要把靴子拉上来，但他被吓坏了，于是就哭了起来。

崭新刺眼的鲜红色，柔软蓬松的里衬和舒适的“拖拉机”鞋底[1]，这双靴子是他的骄傲，也是他未来在整个潮湿的春天的伙伴。而且这双靴子还是妈妈在他生日那天送给他的礼物！在生日前很久他就在衣柜里发现了这双靴子，他怎么也做不到把靴子再藏回衣柜去，他一遍遍地摸着它们，试了又试，甚至不断地闻着靴子的气味。这是双全新的靴子！

晚饭的土豆泥男孩几乎一口都没碰。他也没有淘气，早早就睡了。夜里，他发烧了，母亲吓坏了，忙给儿子吃了一片阿司匹林，又急忙去看他的靴子是否是干的，担心孩子发烧是穿了湿鞋的缘故，却怎么都找不到那双靴子。

……母亲坐在儿子的小床边，一边揉着他干燥柔软的、几乎像婴儿一样的卷发，一边说道：

“我的小傻瓜，你担心什么啊？我还会给你买靴子的。等我把鸡蛋和兔子卖了，就给你买！”

“是像超人的那双红色靴子吗？”小家伙抬起泪汪汪的小脸问道。

“对，就是那双红色的，红色的靴子……”

1　“拖拉机”鞋底，指厚底粗跟的鞋子。——译者注

帽　子

Шапка

叶莲娜·巴日娜 著
付何珍 姜林琳 译

叶莲娜·巴日娜

Елена Бажина

叶莲娜·巴日娜，1960 年出生于俄罗斯彼尔姆州基泽尔市。1985 年毕业于高尔基文学院。1987 年发表中篇小说《亲友》。在杂志《昼夜》上发表童话《你在哪，尤利西斯？》（1996）和《我的兄弟阿列克谢》（2000）。曾作为评论员在《俄罗斯思想》《界限》《新欧洲》和《真理与生活》等杂志上发表评论文章。

不知为什么，她突然毫无征兆地转移了话题。

“你给我讲讲他们的故事吧。”

“他们是谁啊？”

“那些你监护的人。”

“为什么要提他们？”

“因为我想了解你的生活。”

你的脑海里时而就会冒出来这段往事，总会在不经意间，突然想起她的事情来……那是二十多年前的事情了。不过，现在还不是追忆往昔的时候。更何况现在，在她们驶出莫斯科外环，在郊区一个熟悉的小镇入口处停好车，刚走进这家咖啡馆要喝杯茶、吃点儿薄饼的时候。

叶卡捷琳娜·格里戈里耶夫娜头发总是剪得很短，梳理得很整齐，脸上的妆化得也很浓，她很优雅地一小口、一小口地喝着杯子里的茶。这家咖啡馆对于她要比对于奥莉加重要得多，叶卡捷琳娜一直很喜欢来这里。的确，那都是很久以前的事了。

“你不是都知道嘛。”奥莉加·谢尔盖耶夫娜对母亲说。

“知道是知道，但不是全部……”

“我不认为你会对这些事情感兴趣。”

“我只是大致知道……可并不清楚事情的来龙去脉。这件事可能也不是一两句话能说清楚的。他们都是什么人？”

“他们都是……你是知道的。这些人都是……都是生活在困境中的人。”

奥莉加自己意识到，她似乎是有节奏地，几乎是一个音节、一个音节地说出了这几个重要且意义非同寻常的单词——“生活在困境中”。

“这一点我清楚……我知道他们的生活境况……能更详细地讲讲吗？他们都是些什么人？”

“他们每个人的情况都不同。”

今天一天的情形——她所见过的人、听过的话、被问过的问题还都在奥莉加的脑海中打着转……来访者都带着疑问：这些人的生活中怎么会发生这样的不幸。显然叶卡捷琳娜·格里戈里耶夫娜察觉到了奥莉加此刻的困惑，于是问道：“这些被生活抛弃的怪人，他们身上究竟有什么东西吸引着你呢？”

“他们没有被生活抛弃。他们有自己的生活。只不过是另外一种生活。”

“另外一种生活？那是什么妨碍他们过平常人的生活呢？”

奥莉加把小匙放在茶碟上并尽力不露声色地思考着，能否把这些人中某个人的故事讲给别人听。就在两个小时前，在办公室，要退出电脑上的文件和关闭电脑之前，她不知多少次地提醒过自己今天谁来过，也不知看过多少次她之后还需与之谈话的人的名单。她当时很着急，因为要在这样恶劣的天气条件下，开车穿过拥堵的街道，去莫斯科郊区的一个小镇见她母亲的一位老朋友。这是一位身患重病，不知不觉在短短时间内就变成了需要帮助且瘦小孱弱的老女人。奥莉加早就答应了母亲，今天和她一起去看她的这位老朋友。

今天一个女孩平静地说："我的父母不爱我。""她怎么能这样呢？"她的母亲惊叹道，像是在回应她，"难道这是她该有的样子吗？……"而她们的内心深处都有一种冷酷，这种冷酷像传染病一样在她们心中蔓延着，她们甚至喜欢这样横眉冷对地对待彼此,这在她们看来似乎是很正常的事情。"我为什么要考虑这些事情呢？"一个最终在相邻街区一所废弃房屋的地下室里被找到的男孩的父亲不耐烦地说，"我不明白，他为什么要离家出走……我不清楚他遇到了什么问题，但为什么要我来考虑这些问题呢？我有很多事情要做，我这么忙，他还弄出这种麻烦事儿来！""但每次您一回家，他就逃跑……难道您看不出这两者之间有关系吗？""有关系又怎样？他想逃跑就让他逃吧，随他的便吧……"等等……对待这样的孩子总能听到这样的词语："自杀倾向""行为异常""歇斯底里""因为受虐自残""与父母缺少联系"……这些还不是最糟糕的情况。最糟糕的情况是他们对孩子没什么可说的，也没有人来找我咨询孩子的问题。

一个小女孩失忆了，现在住在市中心。似乎有人强迫她去乞讨。她既不知道自己的名字，也不知道父母的名字，只是偶尔大叫。还有一个脑部受了重创的小男孩，这是他父亲把他的头撞到暖气片上造成的，他在慢慢恢复知觉。这样的故事简直太多太多了，有时似乎感觉所有的故事都变成了一个永远也讲不完的故事。

再比如还有这样一个故事：一个小女孩怎么也弄不明白她把帽子弄哪儿去了。不是她自己的帽子，而是她妈妈的。

***

像往常一样，放学后她不想回家。倒不是因为她很喜欢待在学校，只是因为不想待在家里。但回家的路有时还是令人心旷神怡的，路边五颜六色的花还是能让她内心充满欢乐的。

从学校回家首先要穿过一个十字路口，接着经过一个商店，然后再转入一条小道，这不，现在已经可以看到她家的房子了——一个正面是浅黄色的建筑。通常在最后一节课快下课时，就总能知道在几分钟后她可以走到家。

与她同班的同学们高兴地吹着口哨、挥舞着书包，一个个超过了她。四节课一结束，就自由了。她路过邻居们房前的小花园，马林果和醋栗的孤枝从那里穿过木栅栏的缝隙探到了小路上。现在她只要推开木栅栏上吱吱作响的栅栏门就到家了。木栅栏一直延伸到浅黄色的正门之前。在栅栏门后有一个长势很好且结满苹果的果园、一个地上布满土豆茎叶的菜园和一小片修剪整齐的花圃，当然，还有一栋有着一个小阳台的房子。在园子深处的栅栏旁，划分出一小块地方，在此种了许多玫瑰。但在今天之前，土豆被挖了出来，苹果悄悄地掉在了地上，玫瑰花也凋谢了，只剩下一些粗硬的花茎，这种情形会一直持续到明年夏天。

每天不是猫就是狗会出来迎接她。

如果母亲在家，也会出来迎接她，此时应该早已站在门口了。她通常会板着脸或者用严厉的目光看着她（好像试图要通过她脸上的表情来判断她今天在学校里的表现），或者严厉地问一个问题（“今天在学校得了多少分？”），或者会严厉地责备她一番（“你昨天怎么没把从我的搁板上拿走的缝纫线放回到原处？”）。但这些都还算是好的情况。

而坏的情况可能会像今天这样：

“我找不到我的帽子了。我的那顶新帽子，水貂皮的那顶。你把它放哪儿了？”

其实，什么事儿都可以问她。比如，她把伞放哪儿去了？画画用的本放哪儿了？但是她的确不知道帽子放在哪儿了，更何况还是妈妈的帽子……

“什么帽子啊？”

“新的！水貂皮的！上周刚买来过冬用的！”

“我不知道啊。”

“除了你不会有人拿的。你把我的帽子弄哪儿去了？”

“我没拿你的帽子。”

“那帽子能在哪儿呢？”

“我不知道啊！”

“现在我要出去一趟。等我回来的时候，你要找到我的帽子！随便你去哪儿找！……除了你不会有人拿！找不到的话，你就等着挨鞭子吧！我饶不了你！”

妈妈走了，小女孩躲在角落里哭了起来。她知道，妈妈一定会说到做到的。等妈妈晚上回来她又要挨打了。

但她真的不知道帽子在哪儿啊！她心惊胆战地等待着夜晚的降临，不知道她要面临怎样的惩罚。她没有心情写作业、吃饭、散步或读书。这种等待是没有尽头的，就像是要一个没有犯罪的人站在法庭上说服自己并承认犯了罪一样。

晚上，妈妈值班回来，在“继续白天的话题”之前（“怎么样，你现在想起帽子放在哪儿了吗？是不是需要我帮你回忆回忆啊？”），她会先去邻居家聊会儿天。有时她们会披着外套隔着栅栏站在自家院子里聊天，甚至会互送一些吃的和其他物品。她们甚至隔着栅栏召唤彼此。她们都是那种高大、强壮又霸道的女人。

如果妈妈回到家里能把“白天的话题”忘得一干二净就好了。小女孩等待了很长时间，心里一直担惊受怕，已经筋疲力尽了。现在她特别想和谁说说话，说点儿让自己高兴的事情。

可是并没有人和她说话。她只能自言自语：“你的眼睛怎么这么红呢？有什么东西进去了吗？很难受吧？我认为你不是过敏了。你怎么会过敏呢？你看起来很健康啊……”第二天她走在从学校到家的那条路边开满五颜六色小花的熟悉的小路上时，一直忧心忡忡地看着寄宿学校的方向，因为她觉得那里比家好。那所寄宿学校的外墙也是浅黄色的。也许那里的大人会保护她不被其他大人欺负呢？

***

一个熟悉的声音把正在沉思的奥莉加拉回现实中，把她带回莫斯科外环附近的小镇，她正和母亲叶卡捷琳娜·格里戈里耶夫娜在这个小镇的一家老咖啡馆里喝茶、吃薄饼。

这家咖啡馆完全可以被称为老咖啡馆，它不仅开了很多年，还承载了很多人的回忆。这里几乎一切都发生了变化，唯一没变的就是这里的茶和咖啡依然那么难喝，薄饼也依然那么难吃。

奥莉加上一次来这里还是五年前，也许还要更早一些，她当时是因为一个少年的事情而来的。

“我给她打过电话了，告诉她我们今天去做客的目的，”叶卡捷琳娜·格里戈里耶夫娜说，“我跟她说我们不会待太久的。我们不会让她感到为难和心烦，就是见个面，仅此而已。”

她说话的语气平淡，不带任何情绪，就像在完成她日程表上的某项工作，只是走一下流程，完成告知义务而已。她经常以这样的心境去参加生日宴、洗礼和葬礼，就好像在完成一项重要的义务。

最近一段时间她的声音有些沙哑，双手软绵绵的，总是使不上劲儿，她的行动因此更加不便。她认真地抖掉贝雷帽上的灰尘，又把它放回桌边。随后她动作轻柔地把一绺头发拢到脑后。她的头发被染成了灰褐色，但发根处的白发还是依稀可见，除此之外她和以前没什么两样：笔挺的站姿，举手投足间充满自信。她今天穿了一件在特殊情况下才会穿的淡紫色上衣。她决定在今天这样一个工作日去做客。在这一点上她从没有改变过，和以前一样一直非常清楚自己什么时间该做什么事情，以及如何做这件事情。这也是苏联时期人们对待所有事物的严苛态度，即对自己的行为绝不能有一丝一毫的怀疑。而现在，多年以后，她仍然会给人很强的压迫感，但是今天奥莉加并没有计较这一点。总而言之，这和她没什么关系。她喝了一口茶，心不在焉地透过玻璃看着窗外广场上穿梭的车流，她想弄明白还要在这喧嚣的车水马龙中待多久。

“就这些吗？他们身上究竟有什么东西吸引着你呢？”叶卡捷琳娜·格里戈里耶夫娜重复了一遍自己的问题，但是已经没有了那些令人不快的字眼，如“被生活抛弃”和“和平常人一样”。

“要知道他们只是孩子，发生在他们身上的事情并不取决于他们。‘和平常人一样’是什么意思？平常人指的是谁呢？”

“就是所有人。”

“不能是一概而论的‘所有人’，而‘所有人’中的大多数人也会遇到谁都不愿意遇到的问题！”

“你知道我的想法，”叶卡捷琳娜·格里戈里耶夫娜突然严肃地说道，“在我看来，这些都是天方夜谭，包括艰难的生活境况。”

“你是想说不存在这样的事情吗？”

“我想说的是……这些事有一些杜撰的成分在里面，不可能会这样糟糕。如果这些人生活悲惨，那么他们一定是做过什么坏事。恶有恶报，善有善报。这是生活的法则。好人不可能过得不好。你深入了解他们的生活之后……就会明白一切皆有原因！”

“妈妈，你听我说，”奥莉加·谢尔盖耶夫娜感到自己心中慢慢涌起怒火，她着急地说道，“在大多数情况下，我们的生活是艰难的，只是艰难的程度有所不同。”

“不是这样的！你现在从事的工作让你产生了这样的想法。我不希望在你工作的时候遇到各种各样的问题……而你是怎么找到这些人的呢？”

“你听我说啊，”奥莉加降低了音调说道，“一个三岁的小男孩脑部受了重创后被送到我们这里，是他的爸爸把他的头撞到暖气片上造成的，爸爸之所以打孩子是因为他认为就应该这样教育孩子。这个孩子又有什么错呢？”

“别说了，我听够了。我不想听生活中太多的负面信息。这样的事情太多了。这是生活中的阴暗面，就像我们平时看不到的月球背面一样，不要到那里去。对，对。不要到月球的背面去，否则就会命不久矣！大多数人活得好好的，诸事顺利，幸福而长寿。不要谈论这些不幸的人，否则自己也会变得不幸。我可不想你不幸福。我希望你永远幸福，和平常人一样。而你的工作不能带给你幸福。你莫名其妙地和那些不幸的人联系在一起。可这又是你的工作。唉！”

大多数情况下，奥莉加·谢尔盖耶夫娜能微笑着面对别人的激动与愤怒，并能冷静地、毫不受影响地继续说话。而现在她费了好大的劲儿才控制住自己不答非所问。

“也许你说的是对的，我和他们紧密联系在一起。但你为什么要叹气呢？”

“因为我觉得你很可怜。人生苦短，而你的生活却停滞不前。人们渴望财富、安康，向往充满阳光的地方，想要万事顺遂和快乐幸福，但没有一个人活着是为了住进麻风病院里。所有人都想从生活中得到他们想要的东西。所有正常的人都有这样的想法！”

“照你这么说，那我们是不是不应该去妮娜阿姨那里呢？要知道她生病了，而且病得很重。”

“这是另一码事。这仅仅是一个礼貌性的探望，仅此而已。这很正常。”

奥莉加叹了口气，希望这场雨快点儿停，她们能尽快地离开这家咖啡馆，开车驶向今天的目的地。为什么要在这里喝茶、吃薄饼呢？与母亲进行的严肃对话突然暴露出她俩在这个问题上所持观点的截然不同,而她们都不想向对方让步。

“那又怎样呢？每个人都按照自己的想法生活。每个人对正常生活都有自己的理解。”

“这当然是正确的……但我不想要这样的生活。我对你有不一样的期望……要知道你不应该是现在这个样子。”她喝完这杯茶最好尽快离开这里。身边不时走过心事重重的顾客，他们并没有注意到这两个聊得热火朝天的女人。

“那我应该是什么样子？我应该怎样生活呢？”

“就是和大家一样的生活！和从生活中得到一切的所有人一样！……”

***

赫鲁晓夫时期兴建的一栋楼房里，从一楼的房间散发出一股霉味，病人久居的房间里通常会有这种气味。衣架上挂着许多旧上衣，门口丢得到处都是鞋子，脚下是布满灰尘的皱巴巴的地垫。这些墙已经很长时间没有被打扫过了，住在这里的人应该没有时间，也没有精力打扫，况且打扫这样的房子也没有必要。这里死气沉沉，昏暗而幽静。

一个从远处看很像妮娜阿姨的女人高兴地欢迎她们，她想从床上站起来，却很吃力，扶着助行器又重新坐下了，向她俩挥手后又让她俩坐在自己身边。叶卡捷琳娜·格里戈里耶夫娜百感交集地感叹道：“哦，亲爱的，我们有多久没有见面了啊！……唉，你怎么搞的，来，快起来啊，站起来啊！……这么长时间过去了，但一切就好像发生在不久前一样……”

“我的天啊，是的，一辈子就像一天一样，一眨眼就过去了，你看，我们竟然又见面了！……所有的事情我都记得，所有的……包括我们所有的聊天……”妮娜阿姨回答道。

奥莉加和叶卡捷琳娜·格里戈里耶夫娜拿出带给妮娜阿姨的礼物，这些礼物可以让她开心，带给她安慰，而且还非常实用——一条暖和的大披肩、一盒厨房抹布、一些面霜和洗发水。这些好像是为一个突然要去很远的国家的人送行而准备的礼物。

“妮娜，妮娜！”叶卡捷琳娜·格里戈里耶夫娜叹了口气，“快点好起来吧！多去想想以前的好事，比如我们一起散步，我们的孩子在这里渐渐长大……”

“你的女儿小一些，”妮娜叹了口气，“我的两个孩子大一点儿。”妮娜也递给她们一个装着礼物的塑料袋。她们回忆曾经一起在林中漫步，种过哪些花儿，20 世纪 90 年代那段日子是如何度过的，孩子们一眨眼就长大了，还回忆起以前的邻居们：有一些邻居不知道去了哪里，有一些邻居搬走了,空出来的房子又住进来一些人,成了她们的新邻居……这些陈年往事就像是从旧纸牌里抽出来一样，奥莉加对此一点儿印象都没有。

客人们在小厨房里自己泡茶，并铺好干净的桌布，把食物放在桌子上摆好。

叶卡捷琳娜·格里戈里耶夫娜做这一切的时候一直冷静而自信，就像平常一样。

“我们以前住过的房子已经没有了，”妮娜说，“所有的房子都被拆了，那里什么都没有了。你还记得以前我种的天蓝绣球吗？长得多茂盛啊！还有百合花。遗憾的是，鲍里亚不在了，他以前特别想住进设施齐全的房子里……”

“那时候不仅有各种各样的花，还有数不尽的快乐！你还记得我们那时候的聊天吗？我们无所不谈……你还记得吗，我们站在栅栏旁……”

她们回忆起以前的聊天内容，这些内容奥莉加从来没听到过，因为那时候还没有她呢。而现在，她对她们谈话的内容感到很惊讶。她们聊到了邻居们，聊到了孩子们的学习，聊到了花草树木，聊到了与亲朋好友间的关系，聊到了工作上认识的熟人，聊到了谁有什么样的家具，聊到了最近一段时间谁买了什么，聊到了谁去了哪里度假……奥莉加觉得，她们聊的都是既严肃又重要的内容。

“只能回忆回忆了，”妮娜叹气道，“我们就只剩这些东西了，除此之外什么都没有了。我也弄不明白，我脑子里怎么就记不住事儿。我记不住现在的事，也记不住将来的事，只知道以前发生的事。而我们的美好生活只会留存在属于我们的记忆之中，没有别人知道……”

客人们喝完茶准备离开了。开车到这里用的时间要比做客的时间长得多。

“你们不用洗茶杯，”妮娜说，“孩子们晚上会过来收拾的。钥匙放到地垫下吧。”

她们按照妮娜的要求做好之后，走出充满霉味的两居室，来到街上，呼吸着室外的新鲜空气。奥莉加再次环顾了一下她童年生活过的地方：这里是老百货商店和五层高的楼房，而那里以前是一些私人住宅，现在建起了高楼大厦。

再也没有以前的影子了。只有从学校到这里的小路没有任何变化。

她走到一栋九层楼的单元入口——这里以前拐个弯就能走进胡同，站在胡同口可以看见一栋正面是浅黄色的楼房。

现在这栋正面是浅黄色的楼房已经不见了。没有私人住宅的痕迹了。

“应该是这个位置吧……一点儿痕迹都没有。怎么什么都没留下呢……”叶卡捷琳娜·格里戈里耶夫娜叹了一口气，“我以前那个小花园就在这个入口处。”

奥莉加没吱声。因为这里很久以前就被拆了，并建起了各种楼房。

但奥莉加并没有往老房子的方向走，而是向以前学校所在的位置走去。学校还在老地方，没有任何变化，还是以前的灰砂砖，还是以前的围墙。学校的对面还是那栋浅黄色的楼房，那栋楼房是寄宿学校，里面住着没有房子的孩子们。

令奥莉加感到奇怪的是：这里的一切怎么都没有了呢？没有花，没有菜园，没有花园，没有房子，没有猫，也没有狗。甚至以前这些东西所在的地方也很难确认。

***

“就这样吧，”叶卡捷琳娜·格里戈里耶夫娜说，并“砰”

的一声关上了车门，将贝雷帽放在膝盖上，“我们走吧，以后再也不会来这里了。”

“为什么呢？”奥莉加问，“你想来的话，下周我们可以再来。”

汽车开过广场时，奥莉加再次环顾了一圈以示告别。

“不回来了，不回来了，没有这个必要了！”母亲反驳道，“你可以把这次见面当作告别，再也不回来了。这也是今天我们此行的目的。一切都结束了。”

母亲平静且自信地说完这句话，就好像和身患重病的朋友见面，对她来说是一件很平常的事情。因为妮娜的生活出现了变故，她身患重病，对母亲而言，妮娜的身份已经从以前的朋友变成了病人，而母亲与病人打交道的时候有自己的思维方式和说话内容，她也并不想理解这种人。

“但你们以前常在一起聊天，有时站在栅栏旁一聊就是半个小时。我记得很清楚。”

“今天我们聊得既高兴又伤心，太伤心了。以前那个健康的、精力充沛的、漂亮的妮娜到哪里去了呢？她以前生活态度积极、开朗、乐观。她教会了我种花，我很感谢她。这个人出什么事了呢？难道就只能这样吗？我们的青春岁月都去了哪里呢？我们曾经是那么的年轻、充满活力，我们有了自己的孩子，都是好孩子，一直生活得很好。我有一个女儿，而她有一个男孩和一个女孩。在这里我实现了所有的梦想！

那时我感觉自己很幸福……我要是一直那么幸福就好了……你干吗要皱眉呢？那些年我很幸福。难道你那时不幸福吗？这些地方不会让你念念不忘吗？你对它们真的没有什么感觉吗？”

奥莉加耸了耸肩。

“不，我没什么特殊感觉。”

“那真是太遗憾了。我努力做好一切都是为了让你幸福。而我觉得幸福，是因为我一直为了这个目标而努力。我们之间没出现过什么大问题。”

叶卡捷琳娜·格里戈里耶夫娜像个舵手一样看向远方，而奥莉加开始感觉自己只是别人美满生活的附属品，就像很久以前那样。

“那你认为我和你生活在一起的时候有什么问题吗？”

“我认为没有。怎么会有呢？就算有，我也记不清了。这并不重要。”

“怎么会不重要呢？我是否有问题，你知道与否，都是非常重要的。”

“不要紧盯着我的话不放。我根本就不记得，所以我就不能乱讲。”

又下雨了。雨刷器快速地摆动着，把玻璃上的雨水刮干净。路上的汽车行驶缓慢，因为时不时地会遇到一些不太严重的交通堵塞。

奥莉加想：真奇怪啊，人们有时候是不会变的。甚至经过相当长的一段时间之后，对许多事情可以进行重新思考和重新评价，人们依然不会改变……奇怪的是，有些人外表不一样，想法却一样，就像双胞胎一样。每次有人问她这样的问题，她都能做出答复。但现在，她却什么也答不上来。

“你觉得什么是幸福呢？你对我的幸福了解多少呢？”

“我很了解，”叶卡捷琳娜·格里戈里耶夫纳回答，“因为我做的一切都是为了让你能幸福。我以正确的方式培养你长大。你得到了你想要的一切。也许，有时候我做得有些过分，但这都无关紧要。是这样吧？而我从来没像你提到过的那些父母那样对待你，你也从来没像那些小孩那样对待我，一次都没有。我坚信，只要正确地做事情，事情就会往好的方向发展。”

奥莉加特别想大声地喊：“不，不是这样的！你什么都不明白！你怎么能对你眼前发生的事视而不见呢？！”

但实际上奥莉加再次用平静的语气说道：

“那妮娜阿姨呢？她做错了什么事吗？为什么她会发生这样的事呢？她为什么会得这样的病呢？”

“我不知道她为什么会得这样的病。她是一个好人，但总是有一些原因才让她得这样的病……”

“但你要明白……”奥莉加说，“你要明白，每个人都有可能发生这种事。”

“你想说我也有可能发生这种事，是吗？”

“我说的是——每个人都有可能。”

“我希望我永远不会发生这种事。”

奥莉加看着前方的车流沉默不语。在某些情况下，正在气头上的时候，最好什么话都不要说。她知道叶卡捷琳娜·格里戈里耶夫娜会继续这个话题。而她在片刻思考之后叹了口气，用另一种语调继续说道：

“好吧，也许以前我有些事情做得不对。但是总的来说，我的做法是对的。有时候我也在想……也许有些事情我做得不对……不过，难道我每件事情都做得不对吗？”

“你不要这样想，你每件事情都做得对。你怎么会有这种想法呢？”

“我很高兴听到你这样说。是的，我也是刚才突然想到的。”

“你不要瞎想了。”

现在汽车驶离了莫斯科外环，出现了熟悉的交通信号灯。接着车拐进熟悉的街道，然后又拐了几个弯，途经了一个公园、一个运动馆和一所学校。

“我很同情妮娜，”叶卡捷琳娜·格里戈里耶夫娜继续说道，“我很同情她。但是她，也许是遭报应了才会生病……”

“因为什么而遭报应呢？”

“我不知道……我觉得她是遭报应了。也许是因为她曾经把房子租给过小偷瓦莲京娜……”

她拿起膝盖上的贝雷帽，拍打了一下，好像它经过一小时的车程之后就落上了灰尘一样。然后把它抚平，又放回膝盖上。

“她和那个小偷有什么关系？”

“我以前和你讲过她和瓦莲京娜有什么瓜葛，你大概不记得了。瓦莲京娜租了妮娜的一间屋子。她之前经常来我们家做客，喝茶……可是有一次，我的耳环不见了。再后来我的钱包也找不到了。她把钱包放回原处，可是里面的钱没有了。我暗示过她也没什么用。不，你不会记得这件事的，因为你一直在学校上课……还有一次……她偷走了我的帽子！”

“什么？帽子？……什么样的帽子呢？”

“我的一顶新帽子，水貂皮的。起初我找了很长时间没找到，以为帽子丢了。但后来我明白了，是她偷走了我的帽子。在我的钱包和耳环不见了以后，我就想明白了，都是她偷的。”

奥莉加再次忍住了，平静地问：

“那后来呢，你找到那顶帽子了吗？”

“当然没找到，难道她会把帽子还回来吗？她把她偷的东西卖给了别人。但我不再让她来我们家了，她也不再来了。我还对妮娜说，不要把房间租给小偷。瞧，也许上帝因此惩罚了妮娜……”

“你那顶帽子……对，帽子呢……没有下文了？”

“没有下文了，还能怎么样呢？”

“你的意思是说，帽子一定是瓦莲京娜偷的吗？”

“是啊，是瓦莲京娜偷的，除了她还能有谁呢？”

“可我记得你当时还怀疑过别人偷了你的帽子。”

“有这种事吗？我怎么不记得了呢？”

奥莉加凭感觉换了汽车的档位，微微地抬起头，看着前方的车流。前方的汽车覆上了一层雾气。

她一直没有回应母亲的问话，叶卡捷琳娜·格里戈里耶夫娜似乎察觉到了这一点，突然平静地说：

“我很抱歉……我为我以前说这些人是怪人、坏人诸如此类的话而感到抱歉，我对那些人的看法可能不正确……我不想让你心里难受，要知道你的工作就是和他们打交道……我以前不应该这样说。”

又拐了一个弯，驶过几个信号灯。

“我们终于到家了，”叶卡捷琳娜·格里戈里耶夫娜叹了一口气继续说，就像完成一件事情之后要在记事本上为自己写下结束语一样，“你千万不要忘记，永远都不要忘记我们以前住过的地方！”她言语间充满激情。

“你也不要忘记，”奥莉加心不在焉地重复道，“送你上楼吗？”

叶卡捷琳娜·格里戈里耶夫娜戴上贝雷帽，拿起手提包，在站在单元门口遮雨板下的女邻居们的注视下抬起头，撑开雨伞。她个子高挑，身姿笔挺，比奥莉加高，无论奥莉加怎么长个儿，都没有办法超过她。

“你不用送我上楼！我自己可以，你开车回家吧，一路辛苦了。但好在我们把今天要做的事情都做完了！星期日你到我这儿来吧。你无法想象，有时我多想找人说说话，随便聊一些让人高兴的事儿。星期六我在业主委员会有些事情要做，一整天都会很忙。你的眼睛怎么了？”

“没什么，还好，进了点儿东西。”奥莉加回答，然后把妮娜送的装有礼物的塑料袋递给了她。

“你过敏了，一定是又过敏了！过敏会反复发作的！你不是过敏，你是疲劳过度，工作累的……是因为这些人……他们的生活条件太差了。你需要多休息。你与他们打交道的时候不要太近……我不希望你过度劳累，不想你生病。我希望你一切都好，和大家一样。”

一个小女孩

Одна девочка

达莉娅·亚历山德尔 著
付何珍 姜林琳 译

达莉娅·亚历山德尔

Дарья Александер

达莉娅·亚历山德尔，作家。1987年出生于莫斯科，毕业于莫斯科国立大学新闻系，之后在巴黎索邦大学进修。现居比利时，在此教授语言，撰写短篇小说和诗歌。著有短篇小说集《最近的法国》。曾在俄罗斯作家协会丛刊中发表作品《我教会了女人说话》。

一条中国制造并印有老虎图案的毛巾上布满了细沙。这是一只因不满而咆哮的百兽之王，不是因为沙子掉进了它的眼睛里，而是因为娜塔莎又一次把黏糊糊的杏肉掉到了它的耳朵上。灿烂的阳光照耀在沙滩上，粒粒白沙越发晶亮剔透。娜塔莎喜欢把她的脚后跟埋进细沙里，当感到沙子烫脚时，她就会尖叫着迅速把脚后跟从细沙中抽出来，放回带有老虎图案的毛巾上。

“娜塔莎，到阴凉处来，”外祖母的呼唤声传来，“要不你会中暑的。我们院子里有个小女孩就中暑了，后来他们用救护车把她送到医院去了……”

“一个小女孩”这个词经常出现在娜塔莎的生活中，并且在这个小女孩身上总会发生一些不愉快的事情。比如，不是被蜜蜂蜇了脚，两个星期不能走路；就是大口大口地喝了很多盐水之后肚子疼得厉害；要不就是从自行车上摔下来，伤了肘部和膝盖。然而在她身上发生的最糟糕的事情还是她晚上在公园玩，坏人从灌木丛中爬出来，用刀杀了她。

“来，娜塔莎，到我这儿来，”母亲说，“你要吃杏儿吗？”

娜塔莎用鼻子顶着母亲的肩膀。母亲的皮肤就像那棵树的树皮一样光滑，娜塔莎与母亲和外祖母一起去雅尔塔时见过那棵树皮非常薄的树。你甚至不能碰这棵树的外皮，如果你碰了，它就会受伤。娜塔莎忐忑不安地看着母亲的肌肤，还好，貌似一切正常。

外祖母坐在不远处的一块小毯子上，读着《激情之火》这本书。“激情”是什么意思，娜塔莎并不能理解，在她看来，既然着火了，那火灾一定是在船上。水手在甲板上跑来跑去，用海水浇灭桅杆上的火。外祖母头戴一顶紫色大花的礼帽，身穿白条纹的蓝色泳衣，站在水手中间，大声命令道：“全速前进！”

“这些杏儿是你昨天买的吗？”母亲问外祖母，“它们的味道有些奇怪。”

“是的。”外祖母骄傲地回答，“我昨天去市场买到了这么好的杏儿。今天用‘Fairy’（仙女）牌洗洁精把它们洗净之后，装到了袋子里……”

“天啊，你为什么要用‘Fairy’牌洗洁精洗杏儿？”

“要不然呢？‘Fairy’牌洗洁精可以杀死细菌。我们现在住在南部地区，这里有大肠杆菌、链球菌、淋球菌。”

“好了，妈妈，别说了。”

“怎么了，难道不是吗？娜塔莎，到我这来，我读书给你听。”

娜塔莎以为外祖母会读《激情之火》给她听，高兴极了，但外祖母却打开了《小无知》这本书。“小无知”和他的朋友们都住进了医院。“蓝眼睛”和“小肺草”大夫用蜂蜜膏药来治疗他们的伤，而不是让他们吃蓖麻油。外祖母读道：“医生把大伙儿的衣服都拿走了，一人只发了一条手绢。你就躺着擦鼻涕就好了，这就是你的全部游戏。”

“外祖母，为什么要把这些男孩送进医院？他们并没有生病啊？”娜塔莎问。

“怎么没有生病，他们从热气球上摔了下来啊。所有人身上都是青一块紫一块的，万一得了破伤风怎么办？”

“破伤风是什么？”

“就是你高烧不退，浑身酸痛地躺在那里。不久就开始抽搐，浑身发抖。医生叔叔会开着救护车来找你，给你打很疼的针。我小的时候，我们当中就有一个小女孩被钉子扎伤，得破伤风死了。”

“永远离开了吗？”

“永远离开了。”

娜塔莎悲伤地叹了口气，她为这个小女孩感到遗憾。她不想死，特别是不想永远地离开。

“你为什么要吓唬她？”母亲问，“娜塔莎，我们去游泳吧。”

“在岸边，在岸边游泳，”外祖母嘱咐道，“再往前水就凉了。我们那曾经发生过一件事……”

母亲教娜塔莎游泳。她伸出胳膊，娜塔莎趴在母亲的胳膊上。娜塔莎想象自己是一条有两条尾巴的大鱼，用这两条尾巴打水。她像风车一样抡动双臂，有时候水能把她浮起来，娜塔莎已经能稍稍地游动了。然后她翻了个身，脸朝天，看着母亲灰绿色的、目光深邃的眼睛。

“妈妈，那个生病的小女孩，她并没有永远死去吧？”

“我不知道，娜塔莎，我不知道。”

“大概没有，”娜塔莎说，“小女孩大都是不会死的。死去的都是那些年长的叔叔、阿姨。然后他们会像树一样从坟墓里长出来。”

母亲什么也没回答，想到该吃晚饭了，就带着娜塔莎上了岸，用柔软的毛巾擦了擦她们身上的水。外祖母把东西收进布包里，然后大家一起回家了。在家里，娜塔莎喝了些红菜汤，白菜像水藻一样在热气腾腾的红色汤汁里漂浮，那些白菜一直跟在土豆块后面。晚饭后，娜塔莎用彩色铅笔画了一会儿画，看了一会儿有关企鹅的动画片，就上床睡觉了。

第二天一大早，外祖母像往常一样去了集市，却闷闷不乐地回来了。

“完了，我们不能再去游泳了。”柳德米拉·尼卡诺罗芙娜说，“离他们两个房子远的地方，有个小男孩生病了，高烧40℃，身上起满了红色的疹子，万一是麻疹怎么办呢？”

“那我们就干待在家里吗？”母亲愤愤不平地说，“况且，娜塔莎已经接种了麻疹疫苗。”

“接种那些疫苗只是为了预防传染病，有的诊所给孩子们注射的是生理盐水而不是疫苗。既然你这么勇敢，那你现在就去亲吻那个生病的男孩啊。”

“好了，别抱怨了，”母亲小声说，“在家待一阵子吧。”

这天过得非常无聊。娜塔莎想用粉笔在地板上画跳房子用的方格，但被外祖母训斥了。然后，她又弄撒了母亲买来做乳渣饼的面粉。外祖母打算给娜塔莎读《小无知》，自己却慢慢闭上眼睛睡着了，发出像茶壶烧水一样的呼噜声。晚餐母亲给大家准备了乳渣饼，饭后和娜塔莎在花园的长椅上坐下。

“你看，天上的星星真多啊！这是大熊座，这是小熊座。”母亲说。

母亲用手指向天空，天上出现了一只雪白的“熊妈妈”和一只“熊宝宝”。

“你看，那颗是北极星。”母亲指着“小熊”尾巴上的一个小亮点说道。

“星星上有人居住吗？”娜塔莎问。

“可能有人住，也可能没有。”

“谁会住在那里呢？是那些还没出生的人，还是那些已经死去的人呢？那个小女孩儿会住在那儿吗？”

“哪个小女孩？”

“就是外祖母讲的那个。”

“并没有什么小女孩，”母亲倦意十足地说，“从来都没有。我们去睡觉吧。”

娜塔莎很快就睡着了，她梦见了许多星星。起初，这些星星非常安静，彼此友善相待，后来它们突然生气了，开始朝对方大喊大叫。娜塔莎睁开了眼睛。房间里很黑，外祖母愤怒的声音从门外传来。

“不管是明天还是后天，你们哪儿都不许去！”外祖母怒气冲冲地说。

“给我和娜塔莎留一份安宁吧。”母亲说。

“安宁？安宁已经给你了！我养育了一个女儿，她既没有一份正经的职业，也没有家庭，是一个‘不入流’的艺术家。你父亲给了你一套公寓，我在我们的办事处给你找了一份工作。你太懦弱了，所以博尔卡和你相处了七个月就抛弃了你。软弱无能的家伙！”

母亲突然沉默了，然后从门外传来一声号叫，就和在公共汽车站一条脏兮兮的长毛狗找不到主人时发出的叫声一样。娜塔莎感到非常害怕，因为她从未听过人这样叫。她用手捂住耳朵，呆坐了许久。当她把手从耳朵上移开时，她听到有人在敲窗户。

周围一片漆黑什么也看不到，于是娜塔莎走到窗边，打开了窗户。窗外站着一个有趣的扎着细辫子、穿着蓝色花裙子的小女孩。她的眼睛和母亲的眼睛一样，也是灰绿色的。

“你是谁？”娜塔莎问。

“我是谁？我就是你外祖母口中的那个小女孩。只是她讲的一切都不是真的。我是从自行车上摔了下来，但一点儿也没觉得疼；晚上在公园里散步也没有人想杀我；之后我踩到了钉子，在伤口处涂了蜂蜜，伤口很快就愈合了；我甚至和一只可怕的狮子一起玩耍过，狮子对我也很友善，并没有咬我。”

“我就知道是这样，”娜塔莎笑了，“那你怎么会在这里呢？”

“我住在海边那艘旧船下面。你想去看看吗？”

“当然想了！”

小女孩向娜塔莎伸出手，帮助她跳到了街上。她们迅速穿过多刺的灌木丛，沿着柏油小路向前奔跑。小路沐浴在路灯温暖的光线中。路灯照不到的地方都是黑漆漆的，所以娜塔莎努力不去看那里。她紧紧地握住小女孩的手，跟她向海边跑去。

海滩上的沙子非常潮湿。黑暗的海水拍打着沙滩，快速地卷起亮晶晶的石子之后又迅速地退了回去。娜塔莎和小女孩躺在船上看天上的星星。

“这么说，孩子是不会死的。”

“不会的，”小女孩说，“今后我们一起生活在海边，一起钓鱼。不久会有一艘大船驶来，载着我们驶向很远的地方。”

“妈妈能和我们一起去吗？”

“对，带上妈妈。”

娜塔莎抬头看了看天，天空中出现了一艘以星星为帆的云船。从船上放下来一架软梯，梯子离她是那么近，娜塔莎伸出了手……

“娜塔莎跑去哪儿了？你这没用的东西！”

娜塔莎看到了外祖母怒气冲冲的眼睛和她那悬在半空的巴掌。

“别碰她！”母亲喊道。

母亲快速地把娜塔莎从船上抱起，抱着她在沙滩上跌跌撞撞地向前跑。大海和星星交相呼应，几乎听不见外祖母的喊叫声了。母亲终于把娜塔莎放了下来，跪在沙滩上紧紧地和她拥抱在一起。

“你不能打我，外祖母也不能。我还小。”娜塔莎小声说。

母亲哭了，把炙热的脸颊紧贴在娜塔莎的额头上。

“我们俩都还小。你和我，我们俩……”

他马上就要回来了

Скоро он придет

娜塔莉娅·比特恩 著
付何珍 姜林琳 译

娜塔莉娅·比特恩

Наталья Биттен

娜塔莉娅•比特恩，俄罗斯记者、作家、女权主义者。1969 年 10 月 30 日出生于滨海边疆区。1989 年毕业于克麦罗沃艺术学校。1991 年进入克麦罗沃国立大学新成立的新闻处。1993 年成为《库兹涅茨克边疆报》编辑，随后调到托木斯克国立大学新闻处函授学习语言文字，于 1998 年毕业。自 2002 年起担任《库兹涅茨克边疆报》主编、副经理，《库兹涅茨克边疆报》董事会成员。于 2007 年在莫斯科发表长篇小说《主流》。

“我又没有求着你生下我！”伊娜突然大喊。她在埋怨母亲生下自己。

母亲在她身后高声喊道：“忘恩负义的家伙！”伊娜夺门而出，“砰”的一声关上房门，跑到板棚下大哭了起来。

从出生到现在整整十三年，伊娜一直带着愧疚感生活。她觉得是她毁了母亲的生活。

如果没有她，母亲就会离开父亲，完成学业，找到一份好工作。也许还能嫁给一个不错的男人。

在别人眼里，他们家过得并不差，甚至比其他人家过得还要好一些。父亲也不是一个混蛋，是一个常给别人指导工作的领导，有着丰厚的报酬。而且他很舍得给伊娜花钱，给她买进口的衣物，零用钱也从不间断……

也许有人会认为父亲在用他的方式，尽自己所能地爱着伊娜。但母亲却在一直忍耐他。无论是节假日，还是星期天，他只要一喝醉就会到处惹是生非。

从星期五的傍晚开始，她和母亲就坐在家里等父亲回来。等待是最可怕的事情。有时他喝得烂醉如泥，到家倒头就睡。大衣和皮鞋都不脱就睡觉可不是什么好的选择。

半夜父亲一觉醒来就想接着喝酒。这时如果他身边没有酒，他会喝任何东西，如古龙水、醇酊……还会吃任何闻起来像酒的东西，如益母草、山楂、蜂胶……

伊娜把爽肤水藏在沙发里，如果父亲找到了它，就会喝个精光。有时连用来涂痘痘的药剂他也不放过。香水更是不敢放在家里……

但是夜里他经常找不到什么能喝的东西，就会把屋里弄得乱七八糟：从拖鞋到熨斗，把手边凡是能够到的东西全部扔向母亲。

伊娜把自己锁在房间里，门外先是传来一阵喊叫声和打骂声，之后便是母亲号啕的哭声。而这才是星期五，还有星期六和星期日两天。

同样是过日子，正常的生活应该是：星期日用来做家庭作业，星期一早上回学校上课。

节日里这种地狱般的生活会持续更久，父亲的假期对母女两人来说就像是自然灾害。她们既无处可躲，也无处可逃。

母亲想把伊娜送去夏令营，哪怕去一期也好。但伊娜拒绝了，因为她不想把母亲一个人留在家里，那是一件很恐怖的事。

母亲是为了伊娜才和父亲生活在一起的：他有房子、有收入。独自抚养孩子很困难，何况自己文化水平不高，孩子就更难受到良好的教育。

母亲为伊娜牺牲了自己。

不得不说伊娜尝试过帮助母亲。当父亲没有喝得烂醉回来的时候，伊娜会使出浑身解数吸引他的注意力，让他忘记想继续喝酒这件事。

与醉醺醺的父亲交谈数小时，让伊娜筋疲力尽。母亲见此情形，经常会打断他们的谈话。伊娜原本打算和父亲彻夜长聊，但母亲催她去睡觉。可是父母吵架，她就能睡得着吗？

伊娜陷入了感情旋涡中：从对母亲的怨恨到对母亲的深切同情。

伊娜觉得是母亲亲手毁掉了她自己的幸福。她选择嫁给了这个傻瓜，选择生孩子，这一切都是她自作自受。

从明天父亲的假期就要开始了。今天伊娜和母亲去了趟乡间别墅，但晚上又不得不回家，因为把醉酒的父亲一个人留在家里是十分危险的：香烟点着他也能睡着，炉灶上生着火他照样呼呼大睡。总而言之，他可能会烧掉房子。

母亲来板棚找伊娜。

“你总在想，如果没有生下你情况会好些吗？应该去做人流，对吗？这样就不会有你了。”

“不要再说了！我甚至不会知道我曾经来过这个世上。是的，但对你来说做人流会更好。”

“我想要生下你，我一直在为你考虑！”

“你当时甚至都不认识我，但你认识爸爸啊！”伊娜说。

这时母亲哭了。

***

母亲说自己有过很多追求者。伊娜希望母亲可以和这些追求者中的某个人一起背叛父亲，最终离开父亲。

显而易见的是，母亲不能再和父亲生活在一起了。只要母亲能挣钱，她会自己离开父亲的。

“你知道吗？伊格尔建议我搬到他那里去，让我和他结婚，”母亲说，“你会和我一起离开吗？”

伊娜睁大了眼睛。原来，母亲和疗养院的那个男人已经有了感情！

“太好了，妈妈。你搬走吧。”

“那你呢？”

“我不走，我要留在这里，这里有我的房间……”

“你一个人怎么和他相处呢？你无法想象和醉汉一起生活的样子。”

“我刚好能想象到，因为从出生起，我就过着这样的生活。你知道的，他从没对我做过什么出格的事情。”

“他在我怀孕的时候踹过我肚子，也就是说，在你还没出生的时候他就踹过你。”

“那又如何呢？我出生以后，他从没踹过……”

伊娜明白，这只是她不想和母亲一起搬走的借口罢了。母亲搬走之后，父亲怎么可能不伤害她？当她想到自己要和醉酒的父亲单独待在一起时，她的肚子甚至由于害怕一直在痉挛。

但母亲拥有幸福的权利。母亲为伊娜牺牲了自己，现在是轮到伊娜为母亲做出牺牲的时候了。

“不用担心，我不会像你一样和他吵架的。我会安抚他。”

母亲用了很长时间试图说服伊娜和她一起离开，到另一个男人那儿去生活。但伊娜拒绝了，因为她受够男人们了。一个父亲就足够让伊娜明白，完全没有必要和男人们纠缠不清。

她甚至已经准备好忍耐父亲直到自己能独立生活为止。而母亲必须要逃离他。

***

“每年的 12 月 31 日我都和朋友们去澡堂。”电视里卢卡申的妻子醉意朦胧地说。

伊娜把新年海报用图钉按在墙上，从包装盒里拿出装饰用的彩带。母亲在擦客厅的地板。

“你做这些都是徒劳的，妈妈，你应该离开这里……我拒绝和你一起走，不是因为我不想和你一起生活，我只是不想打扰你的生活。你不应该留下来继续和爸爸一起生活，为了我这样做不值得。”

母女两人并排坐在沙发上，两个人的脸上都挂满了泪花。新年很快就到了，他马上就要回来了。

至 亲

Отражения

斯维特拉娜·扎巴罗娃 著
李更伟 周沫 译

斯维特拉娜·扎巴罗娃

Светлана Забарова

斯维特拉娜·扎巴罗娃，出生于1960年1月9日，毕业于穆索尔斯基音乐学院钢琴班。曾在“艺术之家”“文化宫”等机构担任钢琴伴奏，在儿童音乐学校担任钢琴老师。1986年，在全苏青年表演节摘得桂冠。她曾是“保护历史文物”小组成员，参与出版《文化生态学》杂志，参加过“保护陀思妥耶夫斯基之家”活动。1991年6月，前往哈萨克斯坦中部地区的地质分队。1992年，在非商业组织“回馈基金”工作。2012年，首次以散文作家的身份出版丛刊《第五角落及居民》，成为丛刊《第五角落及居民》编辑委员会成员。2015年，同北美文学杂志《东北之光》合作，并担任杂志创意委员会成员。共创作了56部作品，其代表作有《劳伦提斯》《狗人之子》《金雕的影子》《灰烬中的月亮》《海上故事》《爷爷的故事日记》和《流言蜚语》等。

母亲的经历对我影响很大……

而她童年的经历是我永远无法解开的谜……

这个谜一直在我的血液里盘亘着，也许谜底会在某个时间点被揭晓，而我却无从得知……

母亲甚至不知道自己是哪年出生的……她对自己的童年只有一些很模糊的记忆，是一个大致勾勒出的轮廓，就像用沙子在玻璃上做出的一幅画一样，松散且极易被破坏。

她对举家搬到奇姆肯特市[1]之前的事情一点儿印象也没有。

最初他们被安置在一栋很大的房子里，有高高的天花板、大窗户、看上去很贵的窗帘，这里经常举办一些私人的节日筵席。她的父亲，也就是我的外公，姓车尔尼雪夫，叫什么名字我记不清了，不是列夫，就是列昂尼德。外公在位于市中心的一家机关里工作，机关在一栋大楼里，战后那里还迁进去一个文化研究所，他当时应该身居要职。外公的个子很高，身材瘦削，眼睛是蓝色的，留着浅棕色的蓬松胡子，穿着打扮和城里人一样，形象也与契诃夫剧本中的人物一样。他总是穿着西装三件套，拄着手杖，走在这个尘土飞

---

1 哈萨克斯坦南部的一座城市，人口排第三位，面积排第一位，是哈萨克斯坦第二大人口聚集区。——译者注

扬的炎热的中亚地区的城市里。

可这种好日子并没有持续多久。就在一个非常美好的一天，这一切都戛然而止了。他们被迫迁到市郊的板棚里，那里还散住着被流放的犯人和各种临时迁居到这里的人。

母亲对我外婆的印象很模糊。外婆当时得了肺结核，只能躺在帘子后面阴暗的角落里，这种病让她变得骨瘦如柴。在初春的一天，一辆运货马车来到他们的板棚，把外婆抬上了马车，把她送到了明沃迪市结核病患者疗养所。后来母亲再也没见过外婆，外婆在明沃迪去世了。只好由我母亲的父亲，也就是我外公，带着两个年纪很小的孩子过活，我母亲那个时候只有五岁左右，她的弟弟别佳还不满周岁。

被痛苦折磨得萎靡不振的外公变得更加消瘦了，他一大早就出去上班，依然拄着那根手杖，而四五岁大的伊琳娜（我母亲的名字）和弟弟别佳要在家里待上一整天。

冬天的时候，我母亲要保证炉子里的火不灭，还要给饥肠辘辘却从不哭闹的瘦小的小弟弟喂一些吃食。她把面包中间的部分嚼碎，再用山羊奶把面包碎泡软，再放进别佳那还没长牙的小嘴里。别佳就用黑亮的大眼睛看着她，从来不哭。

她一整天都在盼着父亲回来……

伊琳娜一直没听到熟悉的手杖敲打地面的声音，她感到忐忑不安。如果听到这样的声音，就说明父亲已经走到家门口的小台阶了，她一天漫长的等待就终于有了结果。但是有一天她却没能等到父亲回来，他没有回家。这一天他没有回来，第二天也没回来，一周过去了，他再也没回来过。他在我母亲和我的生活中再也没有出现过。无论是对我母亲还是对我而言，他永远消失在了尘土飞扬的炎热的中亚地区的某个城市的某条街的尽头，消失在各种土墙之间。

两个孩子只能待在潮虫四处乱爬的昏暗而阴冷的板棚里，无人问津。直到最后，家中仅剩的一把面粉也被吃光了，一个米粒儿都没有了。伊琳娜不知道父亲出了什么事情，她一直在等着父亲回来。伊琳娜很懂事，舍不得吃所剩无几的面包皮，自己只吃一点点，剩下的都留给了弟弟。现在她必须去井边打些水回来。去井边的话必须要走过一条街，她父亲每天就是沿着这条街去上班的，可他却再也没有回来，她觉得这条街又长又可怕，感觉自己走在这条街上宛如走在一个又细又长的东方人用的罐子里。她胆战心惊地向井边走去：从土墙后露出几张充满敌意的吓人的面孔，她只能硬着头皮向前走，否则就会渴死，就会饿死……

家里什么吃的都没有了，两个孩子饿得前胸贴后背，只有饿得睡着的时候才感觉自己是吃饱了的。她和小别佳已饿得天晕地转，在半梦半醒之间她仿佛看见了一间大房子，桌子上摆满了好多好吃的东西，父母也在这间大房子里，这个梦境就像转瞬即逝的海市蜃楼，抓也抓不住……

她多想一直沉浸在这个飘着小白面包香味的梦境之中

啊，多想把头枕在父亲的膝盖上，不再醒来，但是……她必须要让弟弟吃饱……

伊琳娜实在太饿了，她还一直惦记着躺在小木床里的、还不会说话的、瘦小的弟弟，她只好壮着胆子走出家门，来到那条让她感到恐惧的街上，她走过两户人家，开始敲第三户人家的大门，这户人家来自乌克兰。

邻居极不情愿地让她进了屋子。她记住了这个胖女人玛丽卡阿姨眼中的恐惧，不停颤动的一脸横肉，瞪得溜圆的眼睛以及她脸上像罂粟果般大小的胎记。

玛丽卡阿姨嫌弃地摔打着毛巾："赶紧走吧，别把晦气带到我家来！"但她的丈夫，一位神情严肃、眉毛浓密、留着胡子的大叔，呵斥她不要这样说话。玛丽卡阿姨小声嘟囔着说她也很同情这个小女孩，但家里吃的也不多了。玛丽卡阿姨给她切了一块四分之一大小的面包，用粗麻布包了一小袋小米，还有一块两根手指宽的、棕褐色的、透明的、油汪汪的、散发着诱人香味的熏制肥肉，这可救了她们姐弟俩的命！伊琳娜一把接过这些东西，撒腿就往家里跑，她边跑边使劲地嗅着面包和熏肉散发出的味道，幸福得脑袋发昏。她觉得，土墙、被踩得发亮的人行道、井边的大榆树、在头上飞过的斑鸠，甚至遥远的天边——这一切都散发着乌克兰熏制肥肉的香味，这点东西救了她的命。

大概十天之后，终于有人上门来找她们了。来的是两个女人和一个男人，他们穿着制服，衣服外面系着腰带。伊琳娜和别佳被安顿到了儿童收容所，这里以前是临时关押阶级敌人子女的地方。后来，儿童收容所来了一位女领导，伊琳娜对她一直记忆犹新。

这位女领导很年轻，个子不高，体形微胖，穿了一条呢绒短裙，露出了结实的小腿，梳着短发，不苟言笑的脸上透着乡土气息。她思考了很久，一会儿坐下，一会儿又站起来，在屋子里走来走去；一会儿到窗边抽烟，一会儿出去，一会儿又进来，继续抽着烟。最后她对伊琳娜说："我看过资料了，你妈妈得的是结核病，你们密切接触过，我要把你俩送到疗养院去隔离，而以后怎么样，就看你们的造化了。"她尽量态度和蔼面带微笑地说，笑的时候嘴角露出干涩的皱纹。母亲后来经常对我说："她可怜我们，是她救了我们，我感激她一辈子。"伊琳娜和小别佳在这个好地方住了差不多有半年时间，这里永远有很多好吃的东西，房间里永远都是亮亮堂堂的，溪水汩汩流淌，和蔼可亲的工作人员——保育阿姨和护士们都穿着白大褂，就像天使一样。

而后来这些天使还是把她和别佳分开了。

她们并不想把两个孩子分开，但由不得她们，这是上级的命令，毕竟天底下没有不散的筵席。天使们也只能服从上级的命令，她们甚至哭了好几次，她们很同情这两个即将分开的孤儿。最后小别佳被送到了婴儿收容所，他实在是太小了，伊琳娜被送到了一所普通的孤儿院。

伊琳娜几乎每天都从自己所在的孤儿院跑出去看望别佳，她对弟弟实在放心不下……每次她都被婴儿收容所赶出来，她所在的孤儿院也为此经常惩罚她，把她关到储藏室，不让她吃午饭。可是这对她没有任何作用，要知道弟弟是她唯一的家人，是她唯一的念想……

虽然每个人都有各自的喜怒哀乐，但是生活还要继续。别佳长大了一点儿，能看出他是一个特别好看又机灵的小男孩，后来他被一位空军飞行员收养了。飞行员的妻子是一个年轻且傲慢的女人，但不能生养，所以他们收养了别佳。他们收养了我母亲的弟弟，其实这也没什么不好，只是他们不让我母亲和弟弟接触，就很残忍。

他们的做法在某种程度上来说是可以理解的，他们不希望别佳有一天知道自己不是他们的亲生儿子，他们想保守秘密，可是这个小姑娘很可能会成为秘密的破坏者。我母亲对她弟弟的依恋变成了任何人都不需要的感情，她只能绝望地、痛苦地、默默地关注着弟弟。我母亲不记得她是从哪儿打听到的地址，也不记得她是怎么打听到别佳是被这户人家收养的，我不知道她到底记不记得，也许她只是不想告诉我而已。即使在很多年以后，她仍然不肯透露告诉她信息的那个人的名字，也许是婴儿收容院的某一个工作人员因为同情任何人都不需要的孤儿而违反规定告诉她的……这个工作人员让她保证永远都要守口如瓶。

她总是溜到飞行员家的附近，躲在橡树和榆树的树干后，偷偷地看着飞行员的妻子带着别佳散步……

当时，政府为了解决儿童无家可归的问题，出台了一系列强制性措施，开办了很多劳动收容所，如高尔基工学团[1]、孤儿院和养老院。人们开始不公开地收养流浪街头的儿童，甚至只需要口头约定就可以。在哈萨克斯坦，党员们也加入收养孤儿的行动中。后来孤儿院的孩子们被分批送到了党员们的家中，我母亲被奇姆肯特市的党委第一书记收养。

现在我们手里还有当时的收养证明，在证明里，我母亲的哈萨克姓很长也很复杂。养父母的样子，母亲并不记得，她只记得自己曾坐在四面都是白墙的大房间角落里的一个低矮的长凳子上，墙边堆着一块卷起来的地毯，还有几条绣着奇花异鸟的缎面被子，缎面有绿色、红色还有黄色。

养父母对伊琳娜不闻不问，也不让自己的孩子接近她，只是有时会有一个老太婆走进她的房间。老太婆穿着一条裙摆都快垂到地上的大长裙，马甲上缝着串珠、绣着金线，头上裹着纱巾，身上披着白色的披肩，从纱巾里露出一张棕色

1　安东·谢苗诺维奇·马卡连柯（1888—1939）是苏联早期著名的教育实践活动家和富于创新精神的教育理论家，也是世界教育史上一位杰出的教育革新家。他在主持工读学校（主要是高尔基工学团）这一教育实践活动过程中，把近三千名流浪儿和少年改造成为具有社会主义觉悟和一定知识技能的人才。——译者注

瘦小的脸和带着凶光的小眼睛。老太婆会一声不吭地坐在另一个角落的垫子上，盯着她，然后悄悄地走到她身边，掐一把她的小腿肚子或脸蛋儿后再离开。她非常害怕这个老女人，但她没有向任何人抱怨，只是一声不吭地忍受着。她在那个大而空的房间的长凳子上待了一年。后来，收养这股风头过后，伊琳娜又被送回了孤儿院。

回到孤儿院的第一个晚上，我母亲就从院墙的一个缺口爬了出去，向收养弟弟的那个飞行员家里跑去。她实在是太想念弟弟了，什么也没顾上想，直接冲到了三楼，按响了门铃。门后传来了女主人银铃般的声音，飞行员美丽的妻子站在门口，穿着漂亮的连衣裙，身上散发着名贵的香水味，她肯定是在等客人。见到是伊琳娜后，她立刻吓得面色苍白，身子往后一躲。屋里传来一个很有磁性的男中音："莉娅，谁来了？""走错门了。"莉娅回答后，立刻"砰"的一声关上了门。但伊琳娜并没有放弃，她再一次按响了门铃。莉娅打开门，全然不顾自己是飞行员妻子的身份，也不顾自己美丽而知性的形象……她怒不可遏地大骂道：

"神经病，死崽子，赶紧滚，你这个狗皮膏药……我现在就报警，说你是小偷。"

"你快报警啊！你才是小偷，是你偷走了我的弟弟！把别佳还给我，他是我的弟弟！"伊琳娜很坚定地回应道。

这时，女人的脸突然痛苦扭曲起来，她不出声了，开始啜泣起来。我母亲觉得飞行员的妻子似乎要跪到地上了，她很害怕这个女人会真的跪在她面前，飞行员的妻子用另一种沙哑、充满绝望的声音对我母亲说："求你赶紧走吧，我求求你了……可怜可怜我们吧……可怜可怜我吧……他现在是我的儿子，我很爱他，对不起，我真的很爱他。"听了这话我母亲离开了。

后来命运眷顾了我母亲，她被收养了，这次是一户好人家，一直抚养她长大。她的养母是亚历山德拉·马克西莫芙娜·伊芙申娜，现在是我最爱的外婆，她以前是少年犯教养所的一名管教，收养我母亲的那一年，她已转到列宁小学当老师了。我母亲忍了很久都没去找别佳，她不想让外婆伤心，也不想瞒着外婆自己去找弟弟，外婆也不想让她贸然去打扰飞行员一家的生活。但战争爆发之前伊琳娜还是没忍住，两腿不听使唤地再次来到了日夜挂念的地方。

她一连好几天都在飞行员家附近蹲守，但她从来没有见过莉娅带着别佳出来散步。伊琳娜不求别的，只想从远处偷偷地看上弟弟一眼。最后她还是鼓足勇气，走进了大门口，在门边的楼梯间徘徊了很久，就是不敢按门铃。这时，大门"砰"的一声开了，一位上了年纪的女人走了出来，她上楼的时候惊讶地看到了伊琳娜。

"小姑娘，你找谁啊？"

"科马洛夫家住这儿吗？"

“他们已经不在这儿住了，他们搬走好长时间了。”

“怎么会这样？他们搬到哪儿去了？”

“科马洛夫是军人，调去其他部门工作了，具体搬到了哪里我不清楚……”

之后战争就开始了，伊琳娜彻底没了弟弟的音讯，而我的亲舅舅别佳，彼得·列奥尼多维奇·车尔尼雪夫，或许是彼得·利沃维奇·车尔尼雪夫，也可能已经是彼得·科马洛夫，又或许他已经不再叫彼得了，更有可能连出生信息都被修改了，他们一家的命运如何，能否在战争中活下来……这些都是谜。

如果他在战争中幸存了下来，现在已经长大成人，可能已经结婚了，也可能有自己的孩子了，这些孩子并不会姓车尔尼雪夫，也不知道自己是我外公的孙子和孙女，他们更不知道我是他们的表姐。我很想念他们，很想念从未谋面的舅舅、外婆和外公。通过我母亲的讲述，他们已经在我心里扎了根。我和我现在的外婆亚历山德拉·马克西莫芙娜·伊芙申娜住在一起，她已经退休了。当时我想六岁就开始上一年级，父母同意后，我就搬去奇姆肯特市和外婆一起住，父母则在卡拉套山脉[1]附近开发了一个新的矿区，距离奇姆肯特市有两百公里远。

---

1 中文名称为准噶尔阿拉套山系，在中国新疆西北部和哈萨克斯坦东南部边境、伊犁河和阿拉湖之间。——译者注

我和外婆住在斯大林时期建的后古典主义建筑风格的房子里，对面是少先队公园，我们几乎每天都在那里散步。公园林荫路两旁都是橡树，长椅、路面和花坛里到处都落了闪烁着光泽的橡子，每次我都会捡很多橡子，把校服的口袋塞得满满的。林荫路旁除了橡树还矗立着许多先烈们的石膏像，他们的手里拿着金色的冲锋号。在公园的尽头有两栋漂亮的老建筑物，分别是文化研究院和少先队之家，我同学加琳娜·乌拉诺娃的芭蕾舞工作室就在那里。

这是我很喜欢的公园，记得我十四岁那年，有一次去奇姆肯特市的时候，我和母亲在这个公园里散步，经过文化研究所时，母亲突然说："你知道吗，斯维塔，你的亲外公以前就在这栋楼里上班，他留着浅棕色的胡子，还拄着手杖，经常走这条路上下班。"我僵在原地一动不动，我并不知道这位留着胡子、拄着手杖的外公长什么样子，以前也从没听说过他。就在那天，我知道了整件事的始末。

我如晴天霹雳一般听到了一个事实：原来我最亲密无间的朋友、人生导师、最信任的聆听者、对我一直宠爱有加的外婆亚历山德拉·马克西莫芙娜·伊芙申娜竟然和我没有任何血缘关系；还有每年都要赶到乌索沃火车站的那些乌拉尔地区的亲戚，我们一家人每年也要赶往乌索沃火车站去接他们；还有在乌索沃火车站当站长的舒拉舅舅、外婆姐姐的丈夫、穆霞姨妈、在前线当兵的热尼亚舅舅，以及外婆的弟弟，他在卡塔夫-伊万诺夫斯克中学当校长，他有三个儿子，有一个是物理数学天才，叫沃夫卡，今年夏天考上了莫斯科大学；还有外公那边的姓伊夫申-格拉德舍夫斯基的众多亲戚，他们在乌拉尔地区扎下了根。我为自己是其中的一员感到非常自豪。不过，他们不是我真正意义上的亲戚了，他们和我没有任何血缘关系……

从那天起，我完全不知道该如何评价自己，就好像我只有半个身体、半个脑袋和半个灵魂一样。

而我的另一半身体、脑袋和灵魂一直在未知的时空里徘徊，它们注定不会再合二为一……

饿晕的小女孩

Недокормыш

拉伊萨·别洛乌索娃 著

李更伟 周沫 译

拉伊萨·别洛乌索娃

Раиса Белоусова

拉伊萨·别洛乌索娃，著名的畅销书作家，出生在20世纪俄罗斯卡卢加州的一个大家庭。她毕业于三所技术教育学校，对文学情有独钟。曾发表心理学散文，文学生涯长达近四十年。她是俄罗斯在过去十年中出现的一种新型作家代表，即民间作家。她的书中充满了兴奋与喧闹——反映了当今的人民生活。她描述每个人独一无二的生活。此外，她曾是经济学家，也是出租车司机，乘客是她书中的主人公，也是她的读者。其代表作有《开车的金发女郎》《兽医病毒学讲习班》等。

我们家的孩子很多，兄弟姐妹一共有十个，其中九个是男孩，只有我一个女孩。虽然我们相处融洽，但我更愿意和表姐妹们在一起，所以我总想去邻村找她们玩。母亲对我很放心，知道我自己去也丢不了，所以就让我一个人去了。姨妈和几个表姐妹挤在一间土房子里住，在土房子的旁边建了一座新房子。在这座新房子里放着一个老式大箱子，箱子上面有一个斜坡面的箱盖。她们家院子里还养着一只山羊，我们都很怕它。

去姨妈家需要经过一片麦田，在炎炎的烈日下，小路上的车辙印被覆盖上了一层厚厚的尘土。我走在尘土飞扬的小路上，感觉双脚踩到的灰尘都在发烫，但我头上是蔚蓝的天空，歌唱的百灵鸟，嗡嗡叫个不停的苍蝇，这一切都让我感到心情舒畅。

我和表姐妹们在村子里玩得很快乐，一起读起了《小糊涂神历险记》[1]，姨妈用羊奶煮着粥，这是她给我们做的午饭。表姐妹们都吃得很香，而我却被羊奶的膻味熏得恶心，我一

---

1 《小糊涂神历险记》为尼·诺索夫的改编作品，由三部作品组成：《小糊涂神与小伙伴历险记》（1954 年）、《太阳城里的小糊涂神》（1958 年）和《月亮上的小糊涂神》（1965 年）。

口没吃，一直饿着肚子。太阳快下山时我开始往家里走，我感觉浑身没劲儿，由于饥饿我晕了，摔倒在路上，脸扎进了地上的草堆里。

太阳还是火辣辣的，我好不容易走到了家门口，还一直感到恶心："妈妈，给我点儿吃的吧！"母亲打开了炉子，很快屋里就散发出火热的菜汤的香味。不能马上喝，还得等汤凉一凉，可就在等的过程中我又晕倒了。母亲很心疼我，一直叹着气，她以为我在姨妈家做客一定会吃饱饭的。一边是姨妈，另一边是亲妈，可让人不可思议的是，我却在这两个妈之间饿了肚子，甚至还饿得晕倒了。这就是我童年的糗事。

我想做个“正常女人”！

Хочу быть нормчелой!

娜塔莉娅·雅库申娜 著
李更伟 周沫 译

娜塔莉娅·雅库申娜

Наталья Якушина

娜塔莉娅·雅库申娜，1975 年 11 月 14 日出生于白俄罗斯的布列斯特市。毕业于布列斯特市第十八中学，科布林市人民艺术学院，布列斯特国立大学，在高尔基文学院主修高级文学课程。在布列斯特做了多年的幼儿园老师，随后搬到莫斯科，担任主编助理。曾担任《俄罗斯先驱报》《书评》等杂志的自由撰稿人。目前在莫斯科的一家名为“亲笔签名”的电子书出版社工作。其代表作有《青春》《俄罗斯先锋》《现代剧作家》《英埃斯利布里斯报》《书评》《文学俄罗斯》等。

今天我登录了平时很少用的“Skype”（一种即时通信工具），马上用“Skype”给母亲打了个电话，她很快就接了我的电话，她好像在值班。她问我：“你怎么有点儿不开心？”我说：“我好像有点厌世了，周围傻人太多，就我还算聪明，所以我有些伤感。”母亲也说了自己的看法，大致的意思是：“如果你自己能变得傻一点，你周围的傻人会不会就少一点呢？”我随后又跟她抱怨起我的孩子们不想上学，母亲随即就批评我是一位不称职的母亲，都是我的错，说我该陪孩子们学习，而我却什么都没有做……

我当时来了一句：“想当年你也从来没陪我学习过！”母亲说：“你小的时候，我要做三份工作，没有时间陪你，再说你那么聪明，根本不用我陪你学习。但是你要是觉得你的孩子们不够聪明，你就应该去陪他们学习。”我的女儿玛莎也随声附和着说我对孩子不管不顾。我说：“没错，玛莎，要不我替你去上大学算了。”之后玛莎又向外婆告状说我嫌她最近胖了，说我问她为什么不去散步了，还胡乱猜测她和小伙伴吵架了。似乎是在我的猜测中母亲听出了一种幸灾乐祸的语气，所以她竟然揭起我的老底儿来：

“你小的时候才是个懒鬼呢，在十八岁之前，就连自己的内裤你都没洗过，你不是不会洗，而是懒得洗。你是一个真正自私的人，只想着自己，既然这样你为什么要生孩子？你这样的人就不该生孩子……”

我对玛莎说：“我只是说你胖了些，你就不高兴了？我每天都要听上两三个小时的说教，你外婆才是真正的嘴毒呢！”

这时谢瓦又来缠着我，非让我给他画个宇航员不可。我说：“你自己画去。”他故意画得一团糟，对我说：“瞧，我画的宇航员就是这样的！”然后他阴阳怪气地说：“我现在就把我刚才画的都擦掉。”说完他真的擦掉了，接着又乱画一通，之后再擦掉。总之，这都是宇航员惹出来的麻烦……

我现在感觉心力交瘁，觉得自己和电影里那些整天看电视、酗酒、吸毒的女人别无二样……只是我既不吸烟，也不酗酒，更不会吸毒。当然，我想摆脱目前这种状况……但我不知道该怎样做才能摆脱。

我只想过一个正常女人的生活而已，我努力地想和大家一样，但社会总是对平常人提出更高的要求，平常人所肩负的压力越来越大，反而独树一帜的人活得很简单。但是只要我不能放弃这种过正常人生活的想法，我为此的斗争就不会停止，这样下去我早晚会成为精神病。

前段时间女性主义开始兴起，其中的一个观点是：如果用阳性名词来称呼女性，就是对女性的侮辱；只能用阴性名词来称呼女性，否则就会被认为是对女性的歧视。我好奇的是，俄语阳性名词“人(человек)”这个词添加怎样的词尾才能表示“女人”这个阴性名词呢？俄语阳性名词词组“正常人(нормальный человек)”可以取这两个俄语单词的前几个字母，再加上表示阴性名词的词尾，然后就可以构成“正常女人(нормчела)”这个词吧。还可以用什么词来称呼“男人”呢？举个例子吧，假如我说：“你是我的快乐(радость，阴性名词)，你是我的希望(надежда，阴性名词)和我依靠的臂膀(опора，阴性名词)。”男人就会立刻回敬：“你怎么能用阴性名词来称呼我呢？”之后我就会把表示阴性名词的词尾都去掉，再对他说上面的话！

昨天我参加了一次反对退休养老金改革的集会。苏沃洛夫广场聚集了很多反对派代表，我加入的党派也在其中。我负责举着党旗。举着党旗的时候，人似乎不再是一个个体，而是有党旗做强大后盾的人。看着印着党徽的白色党旗在空中飘扬，那真是一种享受。

我们党派的人告诉我尽量站得离发言台近一些，别让戴黄色帽子的竞争对手——公正俄罗斯党派的成员们挤到前面去。而戴黄帽子的那些人说他们并不想挤到我们前面去，所以我们才不和他们推推搡搡了。

原来，他们是在假装参加抗议。一群两面派！同时，俄罗斯共产党也在另一个广场上举行了类似的集会，但我们党派和俄罗斯共产党的主张是不一样的。据说，这些人都是支持莫斯科市长的。实际上我们根本就不支持莫斯科市长，因为他一直在搞这个让人活不下去的退休养老金改革呢！之后我才得知发起集会的和进行集会的是同一伙人，都支持莫斯科市长，但我们坚决不和他们搞联合。有人给我发了一些贴纸，还告诉我这种贴纸的胶很好洗掉，我就把它粘在胸前，上面写着："人民反对退休养老金改革！"每个从我身边路过的人都问我从哪儿领的贴纸，他们也想要一个。

电视上说，今天从 11 点到 12 点要进行警报演习，让市民不要恐慌。我打开窗户，警报声不绝于耳，一直在响！警报声一直在提醒着可能会有核爆危险，现在我反倒想开了，要是真的发生核爆肯定谁都跑不了！

前不久，我看了一个朋友的博客，她是位心理学家，她在自己的博客中写道：我们大家都会随着年龄的增长而变成隐身的人。

隐身人似乎存在，又似乎不存在，每个人一生中的大部分时间都在掩饰自己，只有这样才不会被父母格外关注，也会省去很多指责；不被老师发现，就不会因为没按时完成作业而得到不及格，更不会被叫来家长；也不会被街上的小混混盯上；能逃开公交车上的票务稽查；只要能避开老板，就不会被迫加班。久而久之，大家就开始认为我们这种人是隐身的，我们不了解自己真实的想法，也没兴趣去了解自己。最终你会发现，你的存在毫无意义……就算死了也不会被人发现。大家会说："这个人活得可真不值，还没几个人认识他呢。"还会补上一句："这个人倒也算是好人，他死了，我们没有人为他难过，据他平时的行为也早该预料到是这样的结果。"

可能我对丈夫来说也是个隐身的人，他对我来说亦是如此。我们不见面的时候，很和睦也很融洽；见面之后，就会大吵大闹，随之邻居就会找过来，让我们不要扰民，邻里之间都不希望被互相打扰。但无论是在哪儿，甚至是在全国的范围内，哪里能找到不吵架、不扰民的人呢？女儿阿格拉娅从今天早晨开始就一脸不高兴。我说："你总是心情低落，这已经成了一种习惯。今天你心情不好，第二天心情还不好，每天的心情都很糟糕，因为这已经成了一种习惯。你应当改掉这种坏习惯，尽可能保持每天的好心情。"

阿格拉娅说："每天都有好心情，那是不可能的！"

我说："怎么不可能啊，我就一直心情很好。"

阿格拉娅说："你的大脑情绪功能区没有超负荷，如果超负荷了，你的情绪也会跟着变差。"

神秘的情绪功能区……我的这一功能区没超负荷……

家里只有一台电视机，我想看"俄罗斯好声音"节目，而孩子们想把电视遥控器藏起来，还嚷嚷着他们要看其他节目。他们的小伎俩没能得逞，最终决定用"石头、剪刀、布"的输赢来决定由谁拿着遥控器。他们给我解释了规则：剪刀能剪布，布能包石头……一番解释后，我才明白了。但是我还是事先声明：不管输赢，反正我都要看“俄罗斯好声音”。最后我们谁也没看成自己想看的电视节目。

谢瓦每次在喊着“石头、剪刀”的时候都会问：“妈妈，你出什么？”我就反问他：“你出什么？”

我们三个人大笑了好长时间……我不知道我们为什么而笑……我们笑得肚子都疼了。每次都是谢瓦第一个伸手亮出手势之后我再伸手，每次我都能赢他。结果，这个游戏变成了“谁是大赢家”。我发现“死不了”这个词很好用，我已经成功“死不了”好几次了：“死不了”的母亲、“死不了”的兔子、“死不了”的机器人、“死不了”的龙……

后来，孩子们修改了游戏规则，就是一个人不能总是“死不了”。我告诉他们，虽然不能打败一个“死不了”的人，但可以消耗他的实力，到时候再把他用铁链锁起来……之后，我开始换“无敌”这个词来代替“死不了”。我是“无敌”的细菌、“无敌”的魔法师和“无敌”的声音……我们就这样一直玩了两个小时。

后来我们又比赛说出什么东西“不可战胜”。谢瓦说了“大象”，阿格拉娅说了“火”，而我说了“冰山”……

这次又是我赢了，因为“冰山”遇到“火”会化成水，而水能把“火”熄灭，也能把“大象”淹死。谢瓦反驳说，大象会游泳。然后我说，即使大象会游泳，在冰冷的水里早晚也会被累得淹死……孩子们觉得我说得有道理，都承认是我赢了。

谢瓦又提出解决“堵车”的办法。我说的词是“交警”，阿格拉娅说的词是“莫斯科市长”，这次她赢了。我真的很想让市长来解决市内路上堵车这个大问题，所以这次我算阿格拉娅赢了。

以前我做过这样的梦：我站在一栋高楼的楼顶上。楼特别高，四周都是银白色的云，感觉很硬，它们很像飘浮在空中的岛屿，我很想踏上其中的一片云。我大声地问道：“我可以踏上这片云吗？”有人回答说最好不要踏上去，还有人对我说：“你也知道，这些云朵根本承不住你，它们只是一团水汽而已……”我感到很后怕，赶紧往楼顶的出口走，担心自己会不由自主地踏上那片云。

我跟我的朋友雅科夫列夫聊天，和他发牢骚说人都是混蛋……雅科夫列夫说：“娜塔莎，你有些反常，大家都觉得你有点儿反常。”我说：“我并不觉得自己反常，反倒总觉得在这个世界上只剩下我这么一个正常人了。”雅科夫列夫脱口说道：“所有不正常的人都觉得自己很正常。”“你说得根本就不对。”我说。我总是怀疑自己生病了，还会定期去看心理医生。所有的心理医生都说我是再正常不过的正常人，正常到都有些反常了，他们第一次遇到像我这样特殊的正常人，都说我根本不需要心理治疗。那些心理医生都说我绝对正常，他们根本不知道该如何给我诊治，说下次不用再去找他们，连心理咨询费都不收，因为一个完全健康的人根本就不用治疗。我们这种健康的人反倒要受到健康的困扰，况且我还有医生开的健康证明。雅科夫列夫说我总能用自己的情绪感染别人，把人逗得哈哈大笑。

感觉自己幸福的人都会选择住在海边……尽管有可能会遇到海啸，有时还会飘着鱼腥味……即使这样也会感觉很幸福……幸福就是一出家门就是海边的沙滩……海浪一直涌向岸边……

不管我去哪儿，都会遇上下雨，秋天更是沉闷，外面很荒凉，树叶落得到处都是。我还总会遇到三只一模一样的灰色鸽子。它们在路边最深的水坑里挥舞着翅膀，缩着脑袋，蜷着身子，很像英国的公爵在带有按摩功能的浴缸里舒适地享受一样，享受着这美妙的十月的天气。它们还时不时从水坑里衔出水来，问道：

“先生，您想来一杯吗？”

或许，当你和你的同伴在大街中间洗澡的时候，从你旁边走过的人们看起来似乎都是可怜的平民百姓，他们不得不一生都过着伪装的生活。而每一次，在你想跳入这个水坑时，都会产生一种感觉：这三只鸽子绝对不会让任何人加入它们的快乐俱乐部。